Federico Amadeo Chiodinari

Il Decamerone del Corona

L'Italia vista da uno studente tedesco

Con disegni di
Miriam Fabbra Fiorentina

Federico Amadeo Chiodinari (*alias* Friedrich Gottlob Nagelmann) studiò diritto e lingue straniere in vari stati di cultura europei, nonché in Baviera. Dopo un apprendistato di dieci anni nella bottega di scrittura creativa di Giovanni Boccaccio a Firenze, riuscì a sfuggire alla disoccupazione tra gli accademici, diventando docente in un'università di ex-eccellenza della Germania del Nord. Oltre alle monografie giuridiche sui buchi del diritto internazionale, sulla strumentalizzazione del diritto europeo e sulle dispute riguardanti le banane tra le Repubbliche delle banane, vuole approdare con il presente volume nella palude della satira. Come tutti gli scritti di abilitazione, scopo di questo libricino non è quello di essere letto, bensì di testimoniare gli anni di sofferenza del suo autore, che spera in una ricompensa.

Miriam Fabbra Fiorentina, l'impareggiabile figlia dell'autore, dopo il diploma di maturità, esplora la medicina, la musica e il mondo maschile. Con estrema gentilezza, ha dedicato un intero mese di Corona all'illustrazione di questo libro. È riuscita a creare dei disegni che riflettono il contenuto delle storie anche meglio di esse stesse. Il lettore frettoloso dovrebbe quindi guardare solo i disegni.

Alla mia famiglia,

e in ricordo di Richard Maury,
pittore fiorentino,

e di Barbara, mia cugina,
che ci ha lasciato troppo presto.

*Tradotto dal tedesco da Camilla Giordano,
Gabriella Perotti, Elena Guella e l'autore.*

*Redazione: Annica Montescuola, Sofia Solistizia,
Geltrude Caronte, Barbara Scellini, Anna Laura
Ferrucci, Susanna Ricciardi, Tania Del Sindaco,
Nora Ermangilda*

Realizzazione tecnica: Annabella Gufo

Indice

Prologo: Come tutto ebbe inizio

Era venuta dall'Oriente, la Morte Nera, e brandendo inesorabilmente la sua falce, attraversò la Puglia, Napoli e Roma, arrivando fino al cuore dell'Italia, alla capitale dell'arte e della cultura medievale, a Firenze. Là infuriò terribilmente e mietette innumerevoli vittime tra giovani e anziani, poveri e ricchi, nobili, clero e popolo laico. Le persone si dimenticavano della loro educazione, cultura e religione, racconta Boccaccio, e cercavano solo di sopravvivere. Vicini e parenti, persino fratelli, mogli e mariti, genitori e figli, si abbandonavano a vicenda, e uomini e donne avidi, rozzi e goffi si prendevano cura dei malati solo in cambio di laute ricompense.

Con la morte davanti agli occhi, alcuni si ritirarono nelle loro case, evitando qualsiasi contatto col mondo esterno, moderandosi nel mangiare e nel bere e dilettandosi con musica e altri divertimenti. Altri fecero il contrario, girovagando giorno e notte, bevendo e gridando, da una taverna all'altra, soddisfacendo ogni desiderio e sfidando la morte con risate, canti e lussuria. Altri ancora cercarono la loro salvezza in fuga e andarono nelle tenute di campagna. Sette giovani donne di buona famiglia seguirono un tale piano, scegliendo tre rispettabili giovani come compagni per la loro protezione e il loro divertimento. Insieme si ritirarono con alcuni servi a Villa Schifanoia, una proprietà signorile sulle colline sopra Firenze, con rigogliosi giardini e orgogliosi viali di cipressi, dove trascorsero dieci giorni giocando, ballando e raccontandosi dieci storie al giorno.

Ogni giorno, eleggevano tra di loro un re o una regina che avrebbe stabilito un tema principale su cui poi tutti avrebbero dovuto raccontare una storia. Queste trattano di sultani e re, artigiani, agricoltori e mascalzoni, e si svolgono in tutto il mondo. Che risultino belle o volgari, tragiche o divertenti, riflettono sempre la gioia di vivere, l'umanità e la fratellanza. Ad aver la peggio sono i nobili, i consiglieri e gli ecclesiastici, che se la cavano particolarmente male: le persone semplici fanno loro tutti i tipi di scherzi e inganni immaginabili. Così, queste storie menarono per il naso la Morte Nera e diventarono araldi di un nuovo mondo, che chiuse una volta per tutte la porta al buio Medioevo.

Dopo un battito di ciglia nella vita della terra, cioè esattamente seicentoquarantasette anni più tardi, mi trasferii a Villa Schifanoia. Non ero fuggito dalla peste, ma tuttavia mi ero laureato in giurisprudenza in Baviera – e ne capivo appena quanto bastasse per trovarla sgradevole. Mentre gli studi erano ancora sopportabili grazie ai molti viaggi, la passione per le lingue straniere e l'hobby della musica, il mio tirocinio statale, tra tribunali, avvocati e pubblica amministrazione, mi aveva esaurito. Costantemente ci si trovava di fronte a litigi di coetanei adamantini, si doveva ricuperare il denaro altrui o giustificare decisioni dubbie della pubblica amministrazione. Giudici e funzionari pieni di sé ci facevano credere che la soluzione ai problemi della società moderna fosse già contenuta in testi giuridici secolari e che si potesse ricavarla da essi solo attraverso abili accorgimenti giuridici.

Ancor peggio, scoprii che nella pratica legale i giuristi devono lavorare come schiavi, se non vogliono fare una vita da squattrinati. Ma dopo i miei oziosi anni di studio preferivo di gran lunga l'apparenza del lavoro a questo stesso, poiché scompagina sistematicamente e brutalmente le giornate. Per questo, la pratica professionale mi spaventava terribilmente. È ovvio: chi tardi arriva, male alloggia – e chi non ha mai lavorato seriamente prima dei trent'anni, non è più buono a nulla, è un fallito.

Tant' è vero che per arginare l'eccesso di pensionati, l'antropologo di culture primitive Gerhard Polt fece la notevole proposta di anticipare il periodo di pensionamento a un'età più giovane e poi osare entrare nella professione solo all'età di quaranta o cinquant'anni. Purtroppo, come tante idee innovative, questo suggerimento non è ancora riuscito a farsi accettare nella nostra incrostata società.

Ecco perché non mi venne idea migliore che rifugiarmi di nuovo nel mondo accademico. Lì speravo di fare meno danni e di condurre una vita più piacevole. Così arrivai a Villa Schifanoia. Per molti anni dopo la scrittura del Decamerone, era stata la residenza papale a Firenze, ma ora era diventata la sede di un'università internazionale, con studenti provenienti da tutti i paesi d'Europa e oltreoceano. Appartati dalla realtà e temporaneamente sollevati dalle preoccupazioni materiali grazie alle borse di studio, ci occupavamo dell'integrazione dei popoli europei in economia, diritto, politica e storia.

Ma più della ricerca, mi affascinava la convivenza con altri europei nella caotica e simpatica vita quotidiana italiana. A due passi da Boccaccio, gli italiani disprezzano il loro stato e tutte le autorità, ma riveriscono l'astuzia, la furbizia e la sensualità – e quindi eleggono come politici di spicco i più grandi millantatori, furfanti e donnaioli del paese.

Ieri la peste, oggi il Coronavirus: è stata solo la nuova piaga che mi ha portato a raccogliere le mie storielle in un libro – come un Decamerone del Corona, per così dire. Boccaccio mi perdoni la presunzione.

I. Aneddoto per abbassare la morale di Stato

„Un biglietto per la stazione, per favore!" Una tarda serata autunnale, di pessimo umore, salii sull'autobus urbano all'aeroporto Amerigo Vespucci di Firenze. La Lufthansa aveva cancellato il mio volo per Monaco all'ultimo minuto a causa del forte vento, e mi trovai costretto a tornare in città. Fuori, il buio era già calato, solo i lampioni fornivano una luce rada. L'autobus attraversò i quartieri esterni della città, con le loro strade sovradimensionate e i nuovi edifici senz'anima, frutto degli abusi edilizi degli ultimi decenni. A saperlo, i maestri dei grandiosi palazzi e delle chiese del centro storico si rivolterebbero nella tomba! *La pena di morte dovrebbe essere abolita, tranne che per gli architetti*, riflettei quanto quello che mi ritrovavo davanti agli occhi confermasse questa cognizione.

Non c'era anima viva alle fermate dell'autobus e così sarei rimasto l'unico passeggero fino alla stazione. Il bus era un vecchio modello Fiat: l'esterno tinto di un brutto arancione e i finestrini coperti da uno strato giallastro di fango, probabilmente sabbia arrivata fin lì dal Sahara. Il motore rombava così forte che i rivestimenti interni vibravano di continuo. I sedili grigi di plastica si presentavano con enormi macchie nere di sporcizia, mentre luridi appigli penzolavano dal soffitto come liane. Ovunque aleggiava un odore dubbio. Non affatto una buona pubblicità per i turisti appena arrivati in città, pensai.

"Benvenuto a bordo di questo autobus di ultima serie", disse l'autista, evidentemente soddisfatto della compagnia notturna che era salita a bordo. Non esattamente snello e nel fiore degli anni, avrebbe potuto essere benissimo un intellettuale di sinistra con quei suoi occhiali con la montatura di corno e i capelli tutti aggrovigliati. La prima impressione non ingannava: accanto al suo sedile giaceva a brandelli *Il Manifesto*, il quotidiano del Partito Comunista Italiano.

"Da dove viene, signore?", mi chiese.

"Dalla Germania, ma vivo qui da qualche anno", risposi con distacco.

Un sorriso gli illuminò il viso: "Che bella coincidenza, anch'io ho vissuto lì per vent'anni, ero autista di autobus per la Stadtwerke Essen. Sì, la Germania, quello sì che è un buon paese, sa, non un casino corrotto come qui ".

"Ma a me piace l'Italia, il tempo è migliore e la gente è più simpatica", cercai di scollarmelo di dosso, perché non me la sentivo molto di parlare.

"Ma voi avete uno Stato che funziona, con politici e autorità che si prendono veramente cura di voi", proseguì con una serie di luoghi comuni. "Se pagate le tasse, avete un riscontro. Qui, lo stato è un parassita che ti succhia il sangue e ti fa impazzire con la sua lenta burocrazia. Non funziona mai niente, ma si tengono metà del tuo stipendio per le tasse. E tutto il tempo si ricevono multe per cose che nessuno sa che sono vietate!"

Preso alla sprovvista da questo lucido autoritratto, cercai di replicare coraggiosamente: "Sa, anche in Germania non è tutto così roseo, abbiamo anche noi un sacco di tasse, multe e un'amministrazione ostinata ".

"Ma voi non disprezzate il vostro Stato. Qui tutti cercano di evitare lo Stato e di imbrogliarlo quando è possibile. Lavoriamo solo per la famiglia e gli amici, sono gli unici su cui possiamo davvero contare. In Italia è sempre stato così, non ci siamo mai fidati del nostro governo, perché ci sono sempre dei politici che si preoccupano solo di sé stessi. Questo è il motivo per cui il paese non sta realmente andando avanti".

Mi venne spontaneo pensare al capo del governo come colpevole: "Ma perché avete dovuto votare per Berlusconi? E sempre in guerra con la magistratura, interessato solo alle donne e pensa innanzitutto a riempirsi le sue tasche!"

"Hai ragione", rispose l'autista sulla mia stessa lunghezza d'onda, e ovviamente ci davamo già del tu, "è un bastardo, ha rovinato lo stato con il suo cattivo esempio". E, come se non bastasse, ci sta facendo rimbecillire con la sua televisione, che pullula di giornalisti comprati e modelle nude. La sua amministrazione ha riportato il paese indietro di anni e ora stiamo pagando il conto. Forse sai che l'hanno già condannato a diversi anni di prigione, ma solo in primo grado; poi ha corrotto i giudici o trascinato in lungo i processi grazie alla sua schiera di avvocati, finché tutto è andato in prescrizione. Ecco perché non è mai finito dietro le sbarre, dove dovrebbe stare. L'ultima volta l'hanno solo condannato a fare un ridicolo servizio civile in una casa di riposo, e l'ha persino messo in scena come se fosse uno spettacolo, cantando canzoni sdolcinate agli anziani dal repertorio di quando era intrattenitore sulle navi da crociera".

Improvvisamente ci fu un forte botto, come se uno degli enormi pneumatici fosse scoppiato. Evidentemente, pensai, un fantasma del primo ministro doveva essere salito a tutta velocità sull'autobus, perché l'autista iniziò a invocare: "Ma no, Silvio, scusami, di che roba sto parlando: noi italiani ti vogliamo bene, sei il nostro eroe! Tu imbrogli lo Stata quando in verità lo vorremmo fare anche noi. Non te ne frega niente delle regole e delle leggi, te le scrivi addirittura da solo! E così tu vai avanti con i tuoi affari, indisturbato, diventando schifosamente ricco – è il nostro sogno!"

Queste parole dovevano aver calmato Silvio, perché il fantasma scomparì in un istante.

"Ma è ancora un bel paese, e mi piace vivere qui", obiettai minimizzando.

"Sì, il buon Dio, se esiste, ci ha dato un bel paesaggio e un clima mite. E i nostri antenati, più intelligenti di noi, ci hanno lasciato magnifiche città e opere d'arte. Prendi Michelangelo, per esempio. E sì che era un soggetto un po' strambo, dell'altra sponda. Ma come sapeva dipingere, quali figure evocava dal marmo con il suo scalpello, davvero spettacolare! Oggi non saprebbe più farlo nessuno, neanche dopo vent'anni di studio all'accademia. E ha vissuto quasi fino a novant'anni, quattro secoli fa! Grazie al cielo non è nato oggi, l'avrebbero ucciso prima in ospedale!"

Oh mamma, pensai, questo si sta trasformando in una resa dei conti generale, dal Davide di Michelangelo ora salta direttamente al Golia del sistema sanitario pubblico. Ancora una volta cercai di frenarlo:

"Finora non ho avuto brutte esperienze con i medici in Italia!"

In realtà, avevo evitato le visite ai medici lì e mi feci fare sempre tutti i controlli durante i miei soggiorni in Baviera. E quando era veramente necessario, consultavo medici privati a Firenze, la maggior parte dei quali erano coperti dalla mia assicurazione sanitaria tedesca.

"Allora immagino che tu non sia mai stato veramente malato qui", disse, ribaltando la situazione: "Giuseppe, un mio amico, tu non lo conosci ovviamente, aveva un dolore pungente al cuore. Non potendo permettersi un trattamento privato, ha dovuto aspettare un appuntamento in ospedale. Indovina quanto tempo ci è voluto: tre mesi! Se avesse avuto qualcosa di serio, ora potrei portargli i fiori al cimitero!"

"Probabilmente neanche il cimitero sarebbe una buona scelta, avresti a che fare con la burocrazia pure da morto", cercai di prenderlo in giro.

Non reagì, ma prese subito la palla al balzo: "È vero, la burocrazia è il male assoluto, non solo nel sistema sanitario. Ci sono così tanti regolamenti complicati per ogni dettaglio che stiamo soffocando. Nessuno li conosce tutti ed è impossibile rispettarli. Le autorità lo sanno e te la fanno pagare per non essere in grado di rispettare molte regole".

Questa è quasi una spiegazione socio-giuridica della corruzione, pensai, potrebbe scriverne una tesi di dottorato nel nostro istituto. E ora fece anche un esempio per illustrare il concetto:

"Dovresti provare a immatricolare un'auto qui. L'ho fatto la settimana scorsa quando la mia vecchia Punto ha smesso di funzionare e ho dovuto comprarne una nuova. Devi andare in un'infinità di uffici, stare in fila per ore dappertutto, e finisci per spendere un sacco di soldi. Se non vuoi prendere una settimana di ferie, ti consiglio un'agenzia che faccia la registrazione per te. Lì costa ancora di più, ma è abbastanza rapido. Perché? Perché quelli dell'agenzia allungano le mazzette ai funzionari per non dover aspettare!"

A quel punto, capii perché nessuno si fosse mai interessato alla mia vecchia Polo con targa tedesca, che avevo messo in vendita su un volantino dell'usato.

Saturo di tutto questo rancore verso l'Italia, mi venne proprio da chiedergli: "Allora perché sei tornato dalla Germania?"

"Sì, è stata la più grande follia della mia vita", ammise. "Ma devi capire che il mio capo era un idiota, si arrabbiava sempre per tutto. Se la mattina ero in ritardo di cinque minuti al deposito o anche solo di mezz'ora con l'orario della corsa!

Qui è diverso, tutti sono felici se arriva un autobus!"

"Beh, mezz'ora di ritardo non è poco per un autobus di linea, i tedeschi sono un po' sensibili su questo", feci notare.

"In effetti, erano i tedeschi che mi hanno messo fuori gioco lì. Nelle strade e nelle piazze ti passano davanti, stressati, col muso! E il caffè nei bar è così caro, non puoi berlo al bancone, devi sempre sederti subito, e nessuno vuole parlare con te! Questa non è vita! E poi anche mia moglie non sopportava il tempo. Pioggia costante, cielo grigio in inverno, senza sole per giorni e giorni, ti butta giù il morale!"

Con un occhiolino aggiunse: "Deve essere stato lo stesso per te, anche tu non potevi sopportarlo in Germania, altrimenti non vivresti qui e non parleresti la nostra lingua". Immerso nell'arringa dell'autista, non mi ero accorto che fossimo quasi arrivati alla stazione. Fu solo quando apparve la sagoma luminosa dei campanili di Santa Maria Novella che mi ricordai che ancora non avevo pagato la corsa.

"Devo sempre comprare il biglietto", dissi coscienziosamente.

"Infischiamocene dell'ATAF che mi fa guidare questo puzzolente catorcio per uno stipendio da fame", gridò l'autista, mi strinse solennemente la mano e disse: "Amico mio, la tua compagnia è

stata così bella che il viaggio oggi non ti costa
niente!"

Sibilando in modo assordante, il fantasma balenò di nuovo e un ghigno compiaciuto gli com-
parve sul viso, prima di svanire di nuovo nel
nulla, lentamente. Ci aveva lasciato tuttavia un fo-
glio di carta sul pavimento: una domanda di ade-
sione a Forza Italia.

II. Sorprese a Fiesole

Subito dopo il nostro arrivo, Stephanie, la migliore fidanzata di tutte, e io trovammo un appartamento in una graziosa casetta vicino al nostro istituto di ricerca. Questo era situato già oltre i confini della città, nel paese di Fiesole, che troneggia come un nido d'aquila su una collina sopra Firenze. I Fiesolani sono una fiera razza umana che sostiene di discendere direttamente –

tant' è vero che per tutto questo tempo non è successo nulla degno di nota – dagli Etruschi, che vissero nella zona tremila anni fa. I Fiesolani guardano letteralmente dall'alto in basso gli abitanti barbari della Valle dell'Arno, al di sotto di loro. Infatti, Firenze fu costruita su paludi aride che erano state prosciugate solo di recente, precisamente nell'XI secolo d.C.

Un cartellone elettorale per il sindaco del partito comunista, appeso poco dopo il nostro arrivo, testimoniava l'audace orgoglio fiesolano. Incorniciato da falce e martello, raffigurava un degno uomo anziano vestito di sartoria, e accanto a lui c'era uno slogan a caratteri cubitali, che segue abbastanza casualmente l'insegnamento comunista: *Per continuare a vivere meglio!* Marx, Engels e Lenin, ma forse anche Don Camillo e Peppone, si sarebbero rallegrati.

La nostra pazza padrona di casa sessantenne aveva ricavato la nostra casetta da una vecchia stalla e un'orangerie situate accanto alla sua villa. Era circondata da un giardino incantato, ombreggiato con ulivi e cachi, in mezzo ai quali marcivano resti di materiali da costruzione e legno vecchio, che sicuramente sarebbero stati ancora utili, prima o poi, ripeteva sempre la vecchia megera. Alti muri di pietra fiancheggiavano il giardino su tre lati e un massiccio cancello di metallo chiudeva il vialetto d'accesso alla strada. Quindi potevamo sentirci al sicuro, almeno fino a un martedì sera di inizio dicembre. Come dovevamo ancora impararare dolorosamente, non solo i commercianti, ma anche altri gruppi professionali, a torto meno riconosciuti, sono molto indaffarati nel periodo che precede il Natale.

"Hai lasciato la finestra aperta, tesoro", disse Stephanie sorpresa quando stavamo tornando dal supermercato. Sebbene fossero solo le sei di sera circa, era già completamente buio. La nostra casa era in parte dotata di inferriate alle finestre, in parte di persiane metalliche simili a corazze, che non avevamo chiuso perché di fretta.

"Qualcuno deve aver aperto la finestra", gridò Stephanie inorridita. In effetti, la porta d'ingresso di quercia al piano terra era chiusa ermeticamente come un castello, ma la grande finestra accanto era socchiusa. Non avendo ancora ben capito cosa fosse successo, aprì velocemente la porta ed entrammo nell'atrio, che dava sul soggiorno. L'intera casa offriva uno spettacolo terribile: i mobili non erano più al loro posto, gli armadietti aperti e saccheggiati. Un ospite indesiderato doveva averci fatto visita.

"Dobbiamo guardare in camera da letto ", mi venne in mente. C'erano i nostri portatili con il nostro lavoro di ricerca, una macchina fotografica, alcuni soldi e i pochi gioielli di basso valore, che potevamo permetterci con le nostre borse di studio.

"Vai tu, forse i ladri sono ancora di sopra, io ho paura," balbettò Stephanie. Pietrificati dalla paura, tendemmo le orecchie attentamente, non riuscendo tuttavia a sentire alcun rumore dall'alto. Poi mi venne l'idea di chiamare in soccorso il nostro vicino inglese Patrickson. Era un teologo e filosofo e lavorava anche lui all'istituto, ma l'avevano rimosso dalla ricerca e scaricato in un'amministrazione di alto rango. Era noto per i suoi modi bonari, la sua impressionante versatilità con l'alcol e il suo rapporto irrimediabilmente infranto con la lingua del suo paese ospitante.

Gli bussai e mi aprì subito la porta, chiedendomi gentilmente: „Hello darling, is there anything wrong with you?“

Gli riferimmo di aver trovato la casa aperta e tutto denunciava una visita di intrusi.

„Indeed, I've heard a big bang half an hour ago or so, I thought you had crashed a bottle of wine, it has just happened to me as well, you know“, affermò affabilmente.

"Sì, ma forse i ladri sono ancora dentro, di sopra," rispose Stephanie, tremando come una foglia.

Fortunatamente, il Signor Patrickson era anche un gesuita e quindi le sue convinzioni teologiche non gli impedirono di impegnarsi in una missione attiva di pace. A questo scopo, senza tanti giri di parole, afferrò un antiquato attizzatoio dal caminetto e si lanciò su per le scale in quercia come un pazzo furioso, sorretto dalla sua protesi all'anca. Gli corsi dietro con gratitudine, ma riuscì a malapena a tenere il suo passo. Mentre correva, gridò: "Is there anybody up there?", nella ferma convinzione che i malviventi italiani parlassero un fluente inglese. Non così improbabile viste le masse di turisti, pensai.

Ovviamente non c'era più nessuno al piano di sopra, ma anche lì ritrovammo tutto sottosopra. Come c'era da aspettarsi, mancavano i nostri modesti risparmi, la macchina fotografica e i gioielli di Stephanie, in particolare un elegante anello d'argento con un rubino incastonato, che l'orafo Vittorio, fratello di un'amica del sud Italia, aveva fatto apposta per noi. Stephanie lo indossava solo in occasioni speciali, era il suo pezzo forte. Ormai era per davvero, e non ci restava che piangere. I ladri non avevano toccato i vecchi portatili, apparentemente con una valutazione realistica delle idee scientifiche immagazzinate lì dentro. Per fortuna, pensai, perché ricostruire i nostri testi avrebbe potuto richiedere settimane di lavoro, visto che i backup erano in disordine.

Il nostro valoroso vicino ci salutò confortandoci, „please let me know if I can do anything else for you, darling", e poco alla volta riacquistammo la calma.

"In ogni caso, dobbiamo chiamare la polizia, avremmo dovuto farlo immediatamente", dissi. Coraggiosamente composi il 112.

"Carabinieri", rispose una voce all'altro capo della linea. Iniziai a descrivere le esatte circostanze dell'irruzione: chi, che cosa, quando, dove, ecc., come lo si impara alle elementari, obiettivo di apprendimento: denuncia degli incidenti.

Ma la voce mi interruppe bruscamente: "I ladri sono ancora in casa?"

"Certo che no", risposi impermalito, "altrimenti non me ne starei qua bello tranquillo al telefono a chiacchierare con Lei".

"Allora cosa vuole da noi?" chiese il poliziotto con impazienza.

"Pensavo sareste venuti a vedere la scena del crimine e prendere indizi", mi venne come difesa.

"Se lo dimentichi. Non sono previste indagini per furti, da dove dovremmo iniziare? Ma se ha bisogno di un certificato o cose simili, venga nei prossimi giorni in commissariato per sporgere denuncia, i colleghi hanno pronti i moduli per le autorità e le compagnie di assicurazione. Se non è assicurato, può anche lasciar perdere, perché comunque non ne otterrà un fico secco. E ora mi scusi ma devo riagganciare, potrebbero chiamare delle persone con un vero problema. Buonasera, allora," il carabiniere arrestò la conversazione e riattaccò subito.

Ci sedemmo perplessi nella confusione del nostro soggiorno fissandoci negli occhi. Era uno di quei momenti nell'esistenza terrestre in cui degli intellettuali, in particolare scienziati, procedendo nella vita con la razionalità e la sobrietà appropriate, avrebbero dovuto dire che l'importante è essere sani e salvi. E che i ladri non ci avevano rapito e incatenato in una grotta sarda per alcuni mesi in inverno, fino a quando non avessimo pagato il riscatto, nel caso in cui le nostre famiglie fossero state in grado di reperire così tanti soldi. Oppure non ci avevano mica pugnalato alle costole prima del tempo e poi, secondo l'antica tradizione camorristica, sciolto la carcassa nell'acido o simili. E comunque, le persone in altri paesi sono esposte a crimini molto peggiori, il che, tra l'altro, può anche essere statisticamente rilevato, come ha dimostrato il nostro collega sociologo Daniele di Napoli nella sua ultima pubblicazione ... In definitiva, potremmo essere grati ai ladri per aver preso solo i gioielli ...

"Potrei davvero disperarmi per l'anello", Stephanie interruppe improvvisamente la mia dissolutezza intellettuale, "non lo riavremo mai indietro, era davvero qualcosa di personale, l'avevo disegnato io con Vittorio; e ora non abbiamo nemmeno i soldi per realizzarne uno nuovo. Vittorio mi ha riferito l'altro giorno che i prezzi delle pietre grezze ormai sono proibitivi".

Immaginavo il ladro mettere il nostro anello al dito della sua ragazza, e ciò mi rendeva ancora più furioso. Perso nei pensieri, il mio sguardo vagava senza meta per il soggiorno. I mobili erano sparsi per la stanza e il divano barricava l'ingresso della cucina. Almeno il rustico armadio in pioppo, che la nostra padrona di casa aveva lasciato qui per mancanza di spazio nella sua villa, era ancora al suo posto. A causa del suo enorme peso, non era così facile da spostare.

Ma all'improvviso vidi balenare qualcosa di strano sotto l'armadio. Mi avvicinai, mi chinai e guardai incredulo una specie di bacchetta, o meglio uno scalpello di metallo che in alcuni punti si era arrugginito. In qualità di spettatore esperto di gialli in TV fin dalla mia giovinezza, capii subito: i ladri l'hanno usato per fare leva sulla finestra, si può persino vedere che i telai sono piegati. Quando il telaio aveva ceduto con un colpo, lo scalpello doveva essere scivolato via e slittato sotto l'armadio, e non erano riusciti a trovarlo lì. O forse avevano fretta e avevano potuto portarsi dietro solo il bottino. In ogni caso, il commissario Montalbano sarebbe stato fiero di me, pensai, perché si trattava di un acume così pronunciato, che sicuramente non era roba da dilettanti.

„Adesso scateniamo l'inferno", dissi a Stephanie trionfante, „anche la fiacca polizia italiana deve avere una banca dati delle impronte digitali con cui confrontare le tracce sullo scalpello. E poiché i nostri ladri avranno già scassinato altre case in passato, è molto probabile che la polizia abbia salvato le loro impronte e sappia immediatamente chi arrestare. Se siamo fortunati, le nostre cose saranno ancora lì. Sicuramente i ladri non sono stati abbastanza attenti da usare i guanti".

Io invece sì. Tirai fuori i miei guanti di lana dalla cassettiera in camera da letto, sottosopra per il rovistamento dei ladri, presi lo scalpello da sotto l'armadio e lo feci scivolare cautamente in un sacchetto antigelo, che chiusi con cura. Ecco un rilevamento d'impronte professionale degno del RIS! Solo degli idioti avrebbero impiegato un sacchetto di plastica usato, pensai, perché su di esso si trovavano già altre tracce con cui le impronte digitali avrebbero potuto mescolarsi irriconoscibilmente. Con lo scalpello nella busta antigelo andai alla stazione di polizia più vicina senza ulteriori indugi.

Così guidai la mia vecchia Polo su per la collina fino a Fiesole e verso le otto di sera suonai il campanello al cancello dei Carabinieri. Questo era completamente sbarrato: solo uno spioncino centrale permetteva di sbirciare all'interno. Mi presentai al citofono come ricercatore tedesco residente nel posto e formulai con accuratezza la mia richiesta. Un giovane carabiniere mi aprì e mi disse maliziosamente: "Sei fortunato che qualcuno sia ancora qua, i colleghi se ne sono andati tutti, perché stasera la Fiorentina gioca contro il Bologna, quindi dobbiamo assolutamente vincere!"

Nella sala all'ingresso c'era un quadro monumentale raffigurante un carabiniere, a petto nudo, forte come un orso, tenuto sotto tiro da un ufficiale delle SS pesantemente armato. Sotto i suoi occhi, sprezzante della morte, si scavava la propria fossa, nella quale sarebbe stato presto gettato come rappresaglia per attacchi partigiani alle truppe tedesche, con alcuni proiettili nel petto.

"Fortunatamente, quei tempi sono passati", disse il poliziotto, quando si accorse del mio sguardo inquieto al quadro. "Grazie a Dio oggi abbiamo un'Europa unita e ci battiamo solo l'uno contro l'altro a calcio. Quale squadra tifi, forse il Bayern Monaco? – Ma dato che sei qua, devi proprio avere un problema da risolvere", continuò solerte.

Incoraggiato in questo modo, descrissi il furto con scasso e spiegai che avevo bisogno di una copia della denuncia per la compagnia di assicurazioni. Alla fine, trionfalmente con acume criminale, deposi l'arnese del ladro, nel sacchetto del freezer accuratamente sigillato, davanti a lui sul tavolo dell'ufficio. Per estrarre lo scalpello, ovviamente, usai di nuovo i miei guanti di lana. Tuttavia, poiché questi erano troppo spessi, riuscì ad afferrare il metallo solo dopo alcuni tentativi falliti.

Il poliziotto ne prese atto divertito e mi disse con uno sguardo di pietà: "Risparmiamoci il protocollo per l'assicurazione, ti darò semplicemente la conferma, già firmata e timbrata, da portare a casa, e poi tu ci descrivi il corso degli eventi e inserisci gli oggetti rubati – senza barare, ovviamente", aggiunse ammiccando. "L'assicurazione non se ne cura molto comunque, dal momento che il danno è piccolo".

"E per quanto riguarda questa spazzatura arrugginita qui", disse piccato, voltandosi verso lo scalpello con finto disgusto, "se l'avessi mai visto e tu me l'avessi ufficialmente consegnato, cosa che ovviamente non vale, allora avrei dovuto confiscarlo subito, perché strumento di delitto. Ma abbiamo già due stanze nel seminterrato piene di cose del genere, che raramente possiamo attribuire a un criminale, e quindi va a finire che le vendiamo all'asta ogni tanto, per poi buttare via il resto. Per questo ti consiglio di portare di nuovo questo attrezzo con te… perlomeno hai uno scalpello!" E poi mi sussurrò complice: "E se ti chiudi fuori accidentalmente, ora sai cosa fare."

Capitolai, mi inchinai in silenzio davanti al quadro nella sala di ricevimento e uscì abbattuto dalla stazione insieme al carabiniere. Quando vide la mia espressione triste – a quanto pare voleva tirarmi un po' su di morale – mi chiese: "Ma dimmi, ci sono delle battute su noi carabinieri anche in Germania?"

"No, neanche una sola", ribattei, "perché sono tutte vere!"

III. Amanda o la nascita di una nuova lingua

Amanda era una bella ragazza spagnola di circa venticinque anni, alta, dai capelli neri come l'ebano, lineamenti pregnanti e occhi scintillanti. Aveva un carattere solare ed era sempre pronta per le avventure e gli scherzi. A differenza della maggior parte delle donne mediterranee presenti nell'istituto, vestiva in modo *casual* e non era troppo agghindata, cosa che la rendeva molto simpatica ai miei occhi. Aveva studiato storia e beni culturali a Santiago de Compostela, ma grazie all'Erasmus aveva trascorso un lungo periodo in Austria e quindi parlava molto bene il tedesco – un tedesco unico e flautato, con qualche errore, ma con un suono affascinante e di una tinta che solo una galiziana austriaca può avere.

Naturalmente, in parte il suo buon tedesco era dovuto ad un certo affascinante esemplare di austriaco, come mi raccontò una volta. Andando oltre le intenzioni dei suoi inventori, l'Erasmus porta non solo ad incontri puramente di studio, ma anche a unioni più olistiche tra i popoli europei (ed è per questo che nel gergo studentesco l'"er" è talvolta sostituito da "org" – ciò che si intende, ovviamente, è il suffisso di dominio).

A Firenze Amanda stava scrivendo una tesi sui circoli culturali e patriotici della Galizia. Questo tema di ricerca rivelava un tratto assurdo del nostro istituto: anche nel dipartimento di storia, si permetteva la scelta di qualunque possibile argomento per il dottorato, anche quelli per i quali non c'erano né fonti né materiali a Firenze. Ecco perché la West Indian Tea Company, la decolonizzazione in Africa e la propaganda inglese contro la Germania nazista furono trattate tanto quanto la vita da salotto di Toulouse-Lautrec nella Parigi del XIX secolo, i musei storici nel confronto europeo o appunto la cultura regionale galiziana. Per studiare le fonti, i dottorandi dovevano poi intraprendere dei viaggi di lavoro in patria, per i quali ricevevano delle sovvenzioni in aggiunta alle loro borse di studio.

L'ispirazione e l'immaginazione erano le forze motrici degli storici, che erano assorbiti nei loro universi passati di giorno, e nel bar studentesco

Fiasco ogni sera. Amanda me ne diede un esempio persuasivo quando una volta la vidi uscire dal dipartimento di storia. Aveva preferito un seminario sulla storia dello scandalo politico rispetto ai concorrenti seminari sull'amore romantico nella storia europea e su "libido and the law in the European Union".

"Ciao Amanda", la salutai, "stai facendo un altro scandalo oggi?"

"Una francese ha tenuto una relazione sullo scandalo del collare della regina Maria Antonetta, sai, è avvenuto sempre prima della Rivoluzione francese".

"Non ho mai sentito parlare del suo collare", obiettai, " posso solo immaginare che non ne avrà goduto così a lungo".

"Beh, hai intenzione di prendermi in giro, scemo?", mi rimbeccò lei.

"Non mi permetterei mai di farlo con una storica in erba", mi difesi. Ma poi mi venne un altro dubbio: "Non sapevo che parlassi anche francese, Amanda, i miei complimenti!"

"In verità non so una parola", confessò.

"Come, ma sei appena stata ad un seminario in francese?"

"Beh, capisco molto attraverso lo spagnolo, e il resto semplicemente me l'immagino..."

Questo approccio innovativo alla *mental history*, che non ha ancora ricevuto l'attenzione che merita nella teoria della comunicazione, mi lasciò ammutolito dall'ammirazione.

Qualche giorno dopo incontrai Amanda che camminava sulle colline dietro Fiesole. Non era sola, però, ma stava abbracciando intimamente un gigante dai capelli rossi e dalla carnagione bianca di origine decisamente nordica. Naturalmente i miei sospetti caddero immediatamente sul genuino ragazzone del paese alpino. Il gigante non brillava necessariamente per la sua bellezza, ma non è questo che conta davvero per noi uomini, come conferma un noto detto austriaco: *Quello che rende un uomo più bello di una scimmia, è un lusso!*

Così salutai l'altra metà della mela di Amanda direttamente in tedesco: "Piacere di conoscerti, ho già sentito molto su di te!"

Amanda però era visibilmente imbarazzata: "Scusa, non è come pensi, credevo vi foste già incontrati, questo è Leif dalla Svezia, è nel dipartimento di storia, stiamo insieme ora."

La comunicazione si rivelò comunque senza problemi, perché anche Leif parlava bene il tedesco – solo che non con un accento austriaco, ma un accento nordico scuro, che, a dir poco, emanava un po' meno erotismo mediterraneo di quello della sua ragazza.

Nonostante tutto ciò, Amanda e Leif rimasero insieme. E siccome lei non conosceva molto bene l'inglese, per non parlare dello svedese, e lui non

sapeva un'acca di spagnolo, condussero la loro relazione in una lingua che in realtà non è molto popolare, addirittura screditata come difficile, e che
la maggior parte degli europei conosce solo dai
film sui nazisti: proprio in tedesco. Leif non aveva
alcuna fretta di finire il dottorato, aveva già fatto
ricerche sulla storia del cinema svedese per cinque
anni e contemporaneamente lavorava anche come
assistente di un professore. Per questo, Amanda
finì la sua tesi di dottorato molto prima, e quando
la sua borsa di studio scadde, tornò a Santiago insieme a lui. Dato che i posti di lavoro all'università
erano rari anche in Spagna come in tutta Europa,
Amanda dovette accontentarsi di un lavoro come
insegnante di galiziano e di storia in un liceo. Leif
ottenne un lavoro come docente in un'università
svedese per corrispondenza, e così poteva trascor-
rere la maggior parte dell'anno a Santiago.

Qualche tempo dopo il loro ritorno in Spagna,
Amanda diede alla luce un figlio che, nonostante
il suo nome meridionale di Pablo, assomigliava a
suo padre per aspetto e carnagione.

"Quando è nato", raccontò più tardi, "i pediatri
dell'ospedale si sono preoccupati per lui perché
era così pallido. Uno dei medici lo voleva anche
mettere sotto la lampada termica per fargli prendere un po' di colore – 'deve avere qualcosa che
non va con la sua pelle', disse. Ma quando l'oste-
trica entrò, sembrava tutta contenta e disse:

'Aspettate Signori, non avete ancora visto il padre!'" Poco dopo entrò nella stanza anche lui e tutti i medici tirarono un sospiro di sollievo.

Amanda e suo figlio avrebbero affrontato i loro bei problemi anche con le autorità. Di ritorno dalla sua prima visita ai suoceri svedesi, la polizia la fermò infatti al controllo d'identità all'aeroporto e le mosse una grave accusa: "Anche se ho presentato loro i documenti d'identità corretti, non hanno creduto che io fossi la madre di questo pallido fanciullo; invece, mi hanno accusato di averlo rapito da qualche parte in Svezia". Alla fine, solo una telefonata al padre poté dissipare i sospetti delle solerti guardie di frontiera.

Nel frattempo, visitai una volta Amanda e Leif a Santiago. Pablo aveva già cinque anni ed era arrivata una sorellina di nome Conchita. Amanda e Leif continuavano a parlare tedesco tra di loro, mentre i bambini ovviamente capivano tutto, ma preferivano parlare spagnolo. Tuttavia, il tedesco della coppia aveva sviluppato una notevole vita propria austro-svedese-galiziana e divenne sempre più la loro lingua privata. Anche se io, come bavarese, sono ragionevolmente fluente in tedesco, non ero più in grado di capire tutto quello che si dicevano. Ad ogni modo, i linguisti tra duemila anni non saranno per niente da invidiare nel compito di chiarire scientificamente le origini di quel particolare dialetto tedesco-galiziano, che si è diffuso tra le persone dalla pelle chiara nel nord della

Spagna e si discosta dalla lingua standard fino all'irriconoscibilità.

"Questo è Federico, un nostro amico di Firenze", Amanda mi presentò alla sua famiglia dopo il mio arrivo, "dovete avere rispetto per lui, ora è un pezzo grosso in un'università nel nord della Germania, non così lontano dalla Svezia. Ah, e ora ha anche una trappola al dito", gorgogliò con gioia da ladra, con i suoi occhi fissi sulla mia fede. "E guarda, sulla sua proboscide non ha più gli occhiali da sportivo di prima, ma lenti da professore, il che dovrebbe mostrare intelligenza e un po' più di diligenza, suppongo?".

"Quella non è una proboscide", intervenne Pablo in spagnolo, che ovviamente aveva afferrato tutto anche se in tedesco, "solo gli elefanti che abbiamo visto allo zoo l'altro giorno hanno la proboscide. Ma anche mio papà ne ha una, si vede solo in bagno, e la porta molto più in basso".

Leif lo guardò senza capire e dal suo sguardo traspariva un'espressione di profondo rammarico, come se volesse dire: "Mio caro figlio, non ti capisco, purtroppo non parlo la tua lingua". Leif chiese allora in tedesco: "Cosa stai dicendo di bello al nostro ospite, Pablo?"

Pablo buttò fuori un torrente di parole spagnole, tra le quali mi è sembrato di sentire alcune delle bestemmie che ora appartengono allo standard elevato imperante negli asili europei.

Rivolgendosi a me, Pablo spiegò con perizia: "Devi sapere che mio papà parla sempre in modo buffo, non si capisce un tubo, tutti i miei amici lo prendono in giro. Mia mamma dice che è solo troppo stupido per parlare spagnolo, ma che è comunque un brav'uomo".

V. Kim la terza

Quando ero giovane non avevo molto a che fare con gli americani, così come una generazione prima di me Gerhard Polt sosteneva di aver socializzato poco con i russi, perché allora ci si sparava, più che altro. Naturalmente sapevo che gli americani, in quanto prima potenza mondiale, volevano portare democrazia, libertà e hamburger alle altre nazioni e, grazie alla loro superiore tecnologia militare, potevano non solo colpire ovunque in qualsiasi momento, ma solevano anche scambiarsi frequentemente e volentieri proiettili tra di loro. Infatti, come garantisce addirittura la Costituzione, ogni americano possiede il diritto di portare con sé armi per poter combattere meglio il nemico anche nel proprio paese, nel matrimonio, in famiglia, a scuola, all'università e sul posto di lavoro. E in queste situazioni mi pare proprio ovvio che ci siano, come tutti ben sappiamo, molti nemici da combattere.

Un primo incontro ebbe luogo nella mia giovinezza con uno studente nel programma di scambio culturale di mio fratello, di Cincinnati, che trascorse un po' di tempo con la mia famiglia in Baviera. Dato che non parlava molto, seppi solo che stava per prendere la maturità in mitologia greca, in nuoto stile rana, in tromba e in vivisezione di insetti. Quando ci lasciò dopo alcune settimane, aveva familiarizzato intensamente con le ragazze del quartiere, e un po' meno, con la lingua tedesca, di cui aveva imparato gloriosamente alcune espressioni di primaria importanza come *Guten Tag, Danke* e *Auf Wiedersehen!*

All'inizio del mio soggiorno all'Istituto, Greg, un ricercatore americano in visita, fece la sua parte per contribuire alla reputazione della prima potenza mondiale. Già al suo arrivo riferì: "You know, I have just been to Florence downtown this morning, and I have seen all of it, and now I am going to Venice for the rest of the day…"

In un'altra occasione, ci demmo appuntamento una sera in un gruppo più grande in centro, in piazza Santa Croce, per fare un giro in qualche bar. Questa piazza è uno dei punti architettonici culminanti di Firenze, che possiede un centro medievale di una bellezza mozzafiato. La Basilica francescana di Santa Croce con la sua facciata neogotica troneggia al centro; vi sono sepolti famosi personaggi della storia dell'umanità come Dante Alighieri, Michelangelo, Galileo Galilei e Gioachino Rossini. I due fianchi e il retro della piazza sono ornati da grandiosi palazzi di diversi periodi storici. Quando chiedemmo a Greg: "Do you want to join us in Piazza Santa Croce this night?" si assicurò di domandarci soltanto: "Do you mean in the church or on the parking lot in front of it?"

D'altra parte – e ciò mi porta finalmente alla vera e propria storia – c'erano anche degli aspetti positivi, più precisamente quelli forniti dagli studenti di scambio delle università americane, che frequentavano sempre l'Istituto per un semestre o due. Tali aspetti furono particolarmente appaganti al mio secondo anno, perché tre ragazze decisamente belle della California, di New York e di Chicago erano venute a Firenze. Poiché la lingua inglese è apparentemente avara di nomi femminili, o forse perché le relazioni con la Corea del Nord erano migliori all'epoca, tutte e tre portavano lo stesso nome, cioè Kim.

Dopo settimane di disguidi imbarazzanti, una distinzione cominciò ad emergere nelle conversazioni tra di noi: Kim I di New York aveva origini nel Kerala e un misterioso viso scuro, che le valse il nome di *Indian Kim*. Kim II di Chicago era una bellezza bionda di origine scandinava, senza altri tratti distintivi, tanto che le fu dato il nome non particolarmente fantasioso *Kimberley-Kim*. Kim III dalla California era invece una forza di donna, spiritosa e sempre di buon umore. Anche se aveva un aspetto perfetto, cosa che non doveva esserle sfuggita nel corso degli anni, non era minimamente arrogante. Alcuni dei suoi antenati venivano dalla Romania o dalla Bulgaria, disse una volta, e in effetti non avrebbe fatto una brutta figura come principessa balcanica.

È verità universalmente riconosciuta che una scapola in possesso di una solida borsa di studio debba essere in cerca di uomo, e così Kim III mise su rapidamente un proprio fan club maschile di vari paesi. La sua mania di gettare la testa di lato in un gesto aggraziato e di far scorrere le dita tra i suoi lucidi capelli castani fu la sua rovina onomastica: un cinico ammiratore l'associò a una pubblicità di shampoo per capelli vista alla televisione e le appioppò il nome *Shampoo-Kim*. Anche se non era un nome molto bello, restò nelle nostre teste meno insaponate tutto l'anno.

Nel corso dei mesi successivi, il Kim III fan club dovette ridursi a una selezione di promettenti ammiratori, di cui io purtroppo non facevo parte. Tuttavia, Paolo, un classico dongiovanni, si era fatto strada nell' illustre circolo: alto, capelli scuri e viso abbronzato. Con i suoi baffi, abiti eleganti e modi distinti, sembrava essere uscito dalla versione cinematografica del Gattopardo di Tommasi di Lampedusa.

La sua storia fece scalpore all'istituto. Paolo seguì un'abile strategia di conquista sia romantica che musicale-sportiva. Evidentemente ispirato da un'usanza diffusa sul versante nord delle Alpi, il *Fensterln*, l'andare dall'amata passando dalla finestra, volle fare a Kim III una romantica serenata al tramonto, davanti alla sua stanza, con accompagnamento di chitarra nella speranza che la finestra, e non solo quella, gli si aprisse presto.

Il suo repertorio comprendeva non solo i classici dell'opera (*Amare una è tradire le altre* ed *E in Spagna mille tre*), ma anche brani dei Beatles e degli Stones - qualcosa doveva pur soddisfare i gusti di Kim III! Paolo aveva già dimostrato le sue doti musicali nel bar studentesco, conquistando il cuore di numerose ascoltatrici, scartate però dopo alcune discese di prova notturni. La sua impresa era complicata dal fatto che Kim viveva al terzo piano di una residenza universitaria, e la sua finestra poteva essere raggiunta solo dal tetto di fronte, relativamente ripido.

Era una mite serata di maggio quando Paolo mise in atto il suo piano. Armato della sua chitarra e di una corda da arrampicata presa in prestito, lui e alcuni aiutanti, incluso me, andammo alla residenza di Kim verso le dieci e mezza. Una precedente ispezione del posto aveva mostrato che era possibile entrare nella soffitta non chiusa a chiave direttamente dalla tromba delle scale, dove c'era un lucernario di vetro facile da aprire accanto al camino. Fino a lì penetrammo senza ostacoli anche quella sera. Con l'aiuto di un letto spinto sotto il portello, Paolo fu in grado di uscire rapidamente.

"Il tetto non è così ripido, non ho bisogno di una corda", disse. Ma le vecchie tegole, coperte di muschio, non ispiravano molta fiducia, e per questo consigliammo a Paolo: "Dai, non essere imprudente, fissa la corda da qualche parte e poi legatela intorno!"

"Va bene ragazzi, non può farmi male", rispose, e fasciò un'estremità della corda al camino; l'altra la avvolse intorno al suo petto, sapientemente assicurata con un nodo da pompiere. La corda faceva parte di un kit da alpinismo e misurava una decina di metri, cosa che Paolo probabilmente sottovalutò. Anche dopo essersi legato, c'era ancora un pezzo abbastanza lungo che penzolava liberamente sul tetto. Non molto professionale, pensai.

Gli consegnammo la chitarra e Paolo percorse rapidamente i pochi metri fino alla finestra di Kim, dove si accovacciò. Come intellettuale che cercava di impressionare le donne con conversazioni profonde sul significato dell'esistenza umana (motivo per cui rimasi single per molto tempo), avrei potuto trovare una tale situazione imbarazzante. Non così il buon vecchio Paolo, che intonò con voce languida O sole mio, addirittura in Napoletano: "Che bella cosa na jurnata 'e sole… N'aria serena doppo a na tempesta...Pe' ll'aria fresca pare giá na festa…", per poi diventare subito più concreto: "Ma n'atu sole...Cchiù bello, oje né'…/'O sole mio/Sta 'nfronte a te...'O sole mio, Sta 'nfronte a te...Sta 'nfronte a te!"

Kim si accorse subito del canto, aprì la finestra e lo chiamò: "Oh Paolo, is it really you, how lovely, what a great idea, you are a genius, Paolo, really".

Lusingato da questo complimento, Paolo fece un altro passo verso la finestra, ma a quel punto gli eventi precipitarono: la tegola su cui poggiava il suo peso si ruppe dal suo ancoraggio, e di conseguenza Paolo scivolò e cadde sul sedere. Sfortunatamente però, non riuscì ad aggrapparsi al ripido tetto e scivolò giù per il pendio, portando con sé diverse altre tegole.

"Tieniti alla corda", gridammo terrorizzati, ma era già troppo tardi – Paolo si aggrappò di riflesso alla sua chitarra, quindi non aveva nessuna mano libera, e continuò a scivolare fino a ruzzolare giù oltre il bordo del tetto. A quel punto, finalmente, la corda si strinse intorno al petto di Paolo con uno scatto brutale, facendo cadere la sua chitarra che teneva ancora in mano e facendola atterrare in un cespuglio sottostante. Paolo si fermò a circa un metro sotto la grondaia e ora penzolava dalla corda, che fortunatamente era ben assicurata al camino.

Dopo alcuni momenti di torpore, Paolo cercò di tirarsi su con la corda. Ma proprio allora la grondaia su cui correva la corda si ruppe da un ancoraggio, si abbassò, e altre tegole si schiantarono a terra appena oltre la sua testa.

Spaventati dal rumore, il custode, il signor Bonnini, e alcuni studenti accorsero in giardino e fissarono increduli Paolo, che era ancora appeso alla corda sotto il bordo del tetto. Il signor Bonnini gridò agitato: "Non muoverti, porterò una scala alta a sufficienza, è più sicuro".

E così Paolo aspettò sulla corda per diversi minuti ancora, tra le prese in giro crescenti degli spettatori sempre più numerosi. Alla fine, il custode trovò quella giusta per il capannone delle attrezzature nella sua leggendaria borsa di plastica piena di chiavi, e tirò fuori una lunga scala. Arrivando sulla scena, ne incastrò i vari elementi fino a raggiungere un'altezza sufficiente. Quando poi appoggiò la scala al muro della casa accanto a Paolo, quest'ultimo riuscì subito a mettere entrambi i piedi su un piolo. Ma ora bisognava sciogliere il nodo da pompiere, che era stato stretto ancora di più dalla caduta. Solo quando ci riuscì, Paolo poté scendere tra gli applausi derisori degli spettatori. Quando raggiunse il fondo, si lamentò di dolori al petto, tuttavia, questi si rivelarono essere un'innocua costola contusa, che lasciò solo qualche livido.

Il giorno dopo, Paolo ricevette una promettente busta da Kim III al Bar Fiasco. All'interno, però, non c'era una lettera d'amore, ma un bel biglietto con fiori e auguri di pronta guarigione, del tipo che si manda a una ricca prozia in ospedale reduce da un'operazione di calcoli renali, a scopo ereditario.

Nei mesi successivi, non fu il povero Paolo a vincere la gara, bensì un audace politologo danese di nome Magnus – un tipo alla Leonardo di Caprio, solo meno impostato, più intelligente e più bello dell'originale. Fu lui che Kim III scelse tra i suoi pretendenti e che poi addirittura sposò.

All'avvicinarsi della sua partenza da Firenze, si ricordò di nuovo di Paolo e gli portò un regalo al Bar Fiasco, splendidamente imballato in carta fiorentina con eleganti motivi a croce. Con grande partecipazione da parte degli studenti presenti, lo consegnò a Paolo, che lo aprì immediatamente. Ne venne fuori una maglietta con una scritta e un disegno. Raffigurava uno studente con gli occhiali spessi in una biblioteca, il quale riusciva solo a malapena a sbirciare da dietro le alte pile di libri sulla sua scrivania. I libri gli arrivavano letteralmente alla testa. Accanto a lui, un fioco lume sfavillava, fornendo luce per i suoi studi notturni e dando all'intero scenario un tocco alla *Il Nome della*

Rosa. Ma la scritta sotto il disegno recitava: *Every night spent with a woman is a book not read!*

E che si dica ancora che gli americani sono senza cultura!

V. Le piccole anime dei nostri giardini

Le piccole anime dei nostri giardini costituiscono punti fermi di vitale importanza nella civiltà occidentale, altrimenti così irrequieta. Si prendono cura dei nostri fiori, arbusti e alberi, sorvegliano i nostri viali, i castelli da giardino, gli stagni ornamentali, i capanni degli attrezzi, i garage e le isole ecologiche. Attirano gli sguardi indiscreti di curiosi ammiratori e passanti e grazie ad un software innovativo a volte li fischiano, anche in modo allusivo.

Negli ultimi decenni, purtroppo, il consumismo ha conquistato anche loro, sradicando la loro esistenza un tempo mitica e riducendole a offerte speciali importate dalla Cina nei negozi di bricolage. E l'irascibilità che dilaga tra gli uomini contamina anche il rapporto di quest'ultimi con le povere e innocenti anime dei giardini, che in Germania furono degradate senza amore a nani da giardino e mandate in esilio nei monotoni spiazzi verdi delle villette a schiera. Ma nemmeno dei graziosi nani poterono impedire a Vladimir Kaminer di dover rilasciare il suo lotto di orticello a Berlino, per aver tollerato una "vegetazione spontanea", in grave violazione del regolamento.

In Italia, le piccole anime dei giardini, nonostante il loro affettuoso nome, si trovano più raramente. Un'eccezione fu la nostra vicina, la signora Zelmira, un nome moderno, elegante e melodioso, un po' come Kunigonda, Walburga o Wiltruda in tedesco. La signora Zelmira viveva in una strada vicina e lavorava come docente di pianoforte certificata dallo Stato, ma a causa della sua età avanzata insegnava solo a pochi allievi. Decenni fa aveva trascorso alcuni anni in Austria per la sua formazione, era quindi appassionata della lingua tedesca e le piaceva parlare con noi al muro del giardino.

Dall'Austria, ci disse una volta, si era portata dietro anche le sue care piccole anime. Nel mezzo di un giardino di erbe dal profumo ammaliante, circondato da salvia, lavanda, origano, timo e rosmarino, aveva allestito un castello in miniatura con una bellezza dalla pelle candida, conosciuta nella letteratura delle fiabe. Del fascino della fanciulla, uno specchio delle brame cantava le lodi insubordinatamente, così da infastidire aspramente la regina del paese. Circondata da sette piccole anime con cappelli colorati a punta e lunghe barbe bianche, la bella avrebbe dovuto mangiare una mela da agricoltura biodinamica e cadere in un sonno eterno. Soprattutto i bambini del quartiere amavano fermarsi davanti a questo ensemble. Inoltre, anche gli ammiratori a quattro zampe si trovavano spesso nei paraggi per dare sfogo alla propria vita amorosa e fecale.

La catastrofe avvenne all'improvviso, una domenica prima di Pentecoste. Mentre passeggiavamo tranquillamente, ci imbattemmo in una folla sbraitante di persone davanti alla casa della signora Zelmira. La vecchia maestra stava pietrificata in piedi dietro il muro del suo giardino, dove si erano aperti degli abissi umani: tutte le piccole anime erano scomparse senza lasciare traccia e accanto al castello in miniatura qualcuno aveva appeso un opuscolo su due bastoncini di legno, che recitava:

Anche i nani da giardino possiedono un'anima, sebbene uomini sempliciotti e senza scrupoli non vogliano ancora ammetterlo! Purtroppo, persone senza cuore tengono le povere anime dei nani imprigionate in corpi di gesso e le incatenano in schiavitù in giardini sempreverdi per dominare la natura, per appropriarsi delle favole antiche e per vivere senza ritegno le perversioni di una fantasia globalizzata. Come vi sentireste al loro posto - legati in un corsetto di gesso, costretti a sorridere sempre, nella neve, nella pioggia, al freddo e al gelo, derisi e violati da cani e lontani da casa vostra? Non dimenticate che innumerevoli nani, una ventina di milioni solo in Germania, sono sottoposti a queste torture giorno per giorno. Eppure, le vostre statue di nani non sono altro che meschini idoli del capitalismo, uno stendardo di coloro che non si chiedono più cosa sia vero e cosa sia falso nel mondo, ma si lasciano cullare in un piacevole mondo illusorio, sfigurato dal kitsch della massa e dal mito di un'infanzia eternamente verde - una Disneyland in miniatura per filistei capitalisti!

Siamo un gruppo di volontari militanti che si sono uniti nel Movimento Autonomo per La Liberazione delle Anime da Giardino (MLAG) per condurre una battaglia silenziosa, ma tanto più efficace contro la colonizzazione dell'immaginario umano. Di notte i nostri comandi diventano attivi e prendono in loro potere i nani da giardino. Questi rimangono poi nascosti in un luogo segreto per alcuni giorni fino a quando la loro anima può fuggire e quindi finalmente liberarsi per sempre dagli schiavisti umani...

La povera Zelmira, che capiva ben poco di queste osservazioni, non si aspettava una tale bordata ideologica. Ne seguì una discussione tra i passanti se la critica dei nani da giardino come simbolo del declino della cultura occidentale fosse giustificata - o se si trattasse semplicemente di buffoni di sinistra in vena di provocazioni che avevano fumato un po' troppo. Alcuni sostenitori di Berlusconi sospettavano che, come sempre, dietro ci fosse lo zampino del partito comunista.

L'azione del fronte di liberazione autonomo fu riportata anche da un giornaletto locale, in cui un ambizioso giornalista cercò di ricostruire un nesso audace tra il furto dei nani, gli oppositori della globalizzazione e i disordini di Genova in occasione del G8. Una lettera all'editore suggerì utilmente che gli attivisti dovrebbero attaccare le basi italiane della NATO con archi e frecce, mettere il Vaticano in vendita su Ebay, o semplicemente far saltare in aria a caso il prossimo bunga bunga party di Silvio, ma non privare una vecchietta della sua gioia per i suoi nani da giardino.

Per protesta, o semplicemente perché non sapeva che altro fare, la signora Zelmira lasciò tutto come avevano fatto i liberatori dei nani. Gli opuscoli rimasero appesi sopra il castello fatato ormai orfano.

Stavamo già per dimenticare la faccenda quando qualche giorno dopo, una domenica mattina, Guido, il figlio di otto anni di un altro vicino,

venne correndo senza fiato a dire a tutti che i nani
erano ricomparsi. Quella mattina, un passeggia-
tore li aveva avvistati nel vicino parco cittadino di
Villa Ventaglia, riuniti in vivace compagnia, per
così dire, a prendersi un aperitivo prima di una
cenetta borghese. Anche davanti a questa sistema-
zione, venne ritrovato un opuscolo:

*Le nostre anime ora sono fuggite dai nostri schia-
visti umani - degradati a gusci senza vita, possiamo ora
tornare nei loro giardini.*

Dopo che la signora Zelmira riebbe i suoi
amati nani, mise fine all'installazione di Bianca-
neve nel suo giardino di erbe. Assegnò alle piccole
anime un nuovo posto nel salotto sulla libreria, direttamente sopra un vecchio libro rilegato in pelle
di maiale. Questo raccontava ai nani di ex membri
della MLAG, vale a dire un nobile spagnolo e il
suo servo, che affrontò addirittura i giganti a cavallo del suo vecchio destriero – non alla ricerca
di un nuovo ordine sociale, però, ma solo di una
donna inavvicinabile. A detta di tutti, i nani ap-
prezzarono comunque il loro nuovo ambiente.
Durante una visita alla casa della signora Zelmira qualche giorno dopo, notai dei piccoli buchi
sulla schiena di tutti i nani, che erano stati sgrade-
volmente trapanati. Dopo alcuni momenti di per-
plessità, mi venne in mente: gli attivisti dovevano
aver creato delle aperture lì per permettere alle

anime delle anime di fuggire senza essere riconosciute dai loro padroni schiavisti umani. Questo spiegava anche perché i nani ora si armonizzavano disinvoltamente con l'arredamento del salotto piccolo-borghese.

Le anime fuggite hanno vissuto tra noi comuni mortali da allora, trovando una nuova dimora negli spettacoli della televisione berlusconiana. Prima di trasferirsi alla casa di riposo, la signora Zelmira regalò i gusci dei nani senz'anima ad un gruppo di viaggiatori tedeschi che aveva incontrato nel centro storico. Attualmente si trovano nei giardini di vari asili del Brandeburgo, tranne il leader, che arrivò fino al Giardino dell'Eden dello stesso Vladimir Kaminer a Gluglitz, vicino a Berlino.

VI. Night on Earth a Fiesole

"Ma come, dovrei essere io quello pericoloso, quando siete voi ad avere delle pistole", urlò con rabbia il tassista a un posto di blocco della polizia che lo aveva fermato - solo perché indossava gli occhiali da sole durante un infernale viaggio notturno per le strade di Roma, urlando continuamente imprecazioni agli altri automobilisti e prendendo contromano strade a senso unico. Come passeggero aveva raccolto un ecclesiastico, che respirava a fatica e apparentemente soffriva di problemi di cuore. Le prostitute e i travestiti a bordo strada suggerirono che fosse stato prelevato da un bordello.

Il tassista prese la situazione come un'opportunità per fare finalmente una confessione sulla sua contorta vita amorosa. Infatti, l'aveva iniziata con le zucche mature e poi l'aveva spostata ad una tranquilla giovane pecora, che suo padre sfortunatamente portò al macellaio quando la cosa fu scoperta, dopodiché dovette accontentarsi di sua cognata – ma tutti solo peccati d'amore, come sostenne in modo convincente in sua difesa. Così il vero Roberto Benigni in *Night on Earth*.

Anche se l'ambientazione dell'istituto non era altrettanto eccitante (non notte sulla terra, ma giornate in biblioteca), avevamo anche noi il nostro Roberto Benigni - un minuscolo giurista che pure fisicamente assomigliava a quello vero. La malizia usciva dai suoi occhi. Camuffato all'esterno con la brulla materia del diritto amministrativo europeo, anche lui era impigliato nelle confusioni dell'amore.

Un giorno ci demmo appuntamento per un caffè sulla terrazza della caffetteria. Come un set cinematografico, era incorniciata da statue antiche e offriva una magnifica vista su Villa Salviati e sulle colline degli Appennini dietro Firenze. Roberto ci riferì di aver scritto un racconto autobiografico e di averlo presentato al concorso dei lettori di una rivista. Trattava del fenomeno dei mammoni italiani che, per convenienza, ma spesso anche per gli alti affitti, stanno all'Hotel Mama fino a quando si sposano all'età di circa quarantasette anni, o – in mancanza di un matrimonio – anche per sempre. Tuttavia, la casa dei genitori è tradizionalmente sacra, e così devono incontrare le loro ragazze altrove, nei boschi, nelle grotte e nelle cave delle colline di Fiesole, o, più in linea con i tempi, nella macchina di papà nei parcheggi. Per il loro supporto logistico, grazie alla flessibilità del mercato del lavoro italiano e seguendo le leggi della domanda e dell'offerta, si è formata la professione precaria degli incollatori di automobili. In molti parcheggi della città, sono sul posto e rapidamente coprono le auto con vecchi giornali e nastro adesivo. Il costo è di un euro, ma la rimozione successiva non è inclusa nel prezzo.

Per paura di essere riconosciuto, Roberto scelse un parcheggio autostradale fuori Firenze, dove il servizio in questione non era purtroppo disponibile. Inoltre, per essere notato in tempo dai camion in avvicinamento, Roberto dovette lasciare le sue luci di posizione accese, cosa che ovviamente attirò i passanti interessati. A causa di queste circostanze piuttosto avverse, ammise, l'incontro nel suo complesso poteva aver sofferto un po'. E la sua ragazza Eliana continuava a ripetere che sciocchezze stavano facendo qui, che se la vedesse sua madre ora le verrebbe un colpo, e in generale che non avrebbe mai sposato un tale idiota: sarebbe andata piuttosto in convento o direttamente da Silvio.

Roberto aveva appena finito di raccontarci questa storia quando Serena, Anastasia e Irene arrivarono nella terrazza con una tazza di caffè e si sedettero su una panchina vicino a noi. Serena era una storica italiana, Anastasia una politologa greca e Irene un'economista tedesca. Con i loro sguardi accattivanti, camicette dal taglio ampio e jeans aderenti, erano uno spettacolo elettrizzante.

"Dimmi, chi è questa creatura angelica alla tua sinistra?" chiese Roberto, indicando impercettibilmente con gli occhi Irene.

"Quella è Irene del Dipartimento di Economia", spiegai, "sta scrivendo un articolo sulla regolamentazione degli affitti a scopo residenziale, per quanto ne so".

"Mai stai scherzando", ribatté Roberto, "nessun proprietario vuole regolamentare gli affitti, non posso parlarne con lei. Spero che si interessi anche ad altro. Va bene, il mio diritto amministrativo non è necessariamente più eccitante. Ma perché una donna così bella perde il suo tempo con sciocchezze scientifiche, preferisco immaginarla su uno yacht in bikini a farsi viziare con dei drink. Ma sai qualcos'altro di lei, ha un fidanzato?" insistette con impazienza.

"No, non lo so, non è qui da molto", ribattei. "L'ho vista solo una volta a una festa, era con un'amica".

"È davvero assurdo che la incontri solo ora, ha un fisico da urlo, non la spingerei mai, come si dice, giù dal bordo del letto. Non potresti presentarmi, per esempio, come giurista e scrittore letterario?"

"Non sta bene ora che è in compagnia di altri",
dissi, "sembra una battuta per rimorchiare, è meglio che le parli al bar quando è sola."

"Non c'è niente da fare, questo è quanto, ormai
è troppo tardi", si rassegnò Roberto. E casualmente aggiunse: "In realtà, sono venuto qui per
dirvi un'altra cosa: domenica tra una settimana
siete tutti invitati a festeggiare, Eliana e io ci spo-
siamo".

Poscritto:

Siccome Roberto era ateo, come sottolineò
sempre, spesso rendeva nota la sua avversione per
la religione, e si sposò in chiesa solo per amore di
sua moglie. Tuttavia, alla fine della cerimonia, il
prete lesse la benedizione di nientemeno che il
Papa stesso. Un astuto amico l'aveva ordinata in
segreto. E siccome Roberto proclamava sempre a
gran voce che avrebbe condotto un matrimonio
moderno, naturalmente senza figli, Eliana diede
alla luce solo dopo un anno un figlio, che sembrava aver preso proprio da suo padre. Era poi
presente alla discussione della tesi di Roberto e,
con lo stupore di tutti i presenti, si comportò tranquillamente, come un agnellino.

Suo padre reagì con incomprensione: "Povero
sfigato, avresti dovuto iniziare a piangere al momento giusto!"

VII. La fine della pirateria bavarese

È naturale che dovessimo riprenderci dagli studi all'Istituto, estenuanti al contempo per il corpo e la mente, in modo da essere di nuovo in forma per le grandi imprese a venire. Ci piaceva soprattutto navigare i vari mari che circondano il paese con i fioriti alberi di agrumi – come Goethe definì l'Italia, quando, per una volta,

la vista non gli fu ostacolata dai petali di un'orchi-
dea locale.

Oltre da Stephanie e me, il nostro equipaggio
era sempre composto da Peter, Florian, Ida e Silvia, tutti compagni di studio della Baviera, che
guadagnavano già bene come avvocati o giudici e
potevano quindi permettersi tranquillamente
delle vacanze in Italia.

Per fortuna, alcuni di noi avevano già fatto
esperienza con piccole barche sui laghi bavaresi,
conseguendo la patente nautica, così potevamo
sempre noleggiare il nostro panfilo a vela senza
uno skipper. Io stesso ero l'orgoglioso titolare di
un certificato da capitano dell'Associazione Tedesca di Vela, che avevo ottenuto come studente alla
fine di un corso di due settimane in Croazia. Poiché al momento dell'esame, al mattino presto, non
tirava un soffio di vento, l'esaminatore scelse arbi-
trariamente una direzione del vento e fece ese-
guire ai candidati tutte le manovre di navigazione
fittiziamente, a motore. Da qui le mie profonde co-
noscenze della vela, ora anche ufficialmente certi-
ficate.

Così equipaggiati, andavamo in barca a vela
per una o due settimane all'anno, preferibilmente
nell'economica bassa stagione, in primavera o autunno, quando fa troppo freddo al mare per i veri
italiani e solo gli scandinavi e i tedeschi, considerati pazzi o peggio, osano buttarsi in acqua. Cio-

nonostante, il tempo fu quasi sempre buono e durante il giorno ci grigliavamo al sole sul ponte, mentre la sera toccava al pesce, comprato fresco dal cutter, sul fuoco. Se non si esagera con lo sport, cosa che era lontana dalle nostre menti nel ventesimo anno fuori corso circa, la vela è una comoda vacanza di mare in un bungalow che porti sempre con te. Ben attrezzato con cucina, bagno e salottino, può essere spostato senza problemi da una bella baia all'altra, in luoghi fuori dalla portata del turismo di massa.

C'era solo un piccolo intoppo: se noleggi uno yacht una volta all'anno, da soggetto sportivamente e tecnicamente non esperto, lo fai navigare con la stessa sicurezza di una vecchia signora che guida la sua Mercedes due volte all'anno per tre chilometri fino al cimitero. O quella di un pilota sportivo, di mestiere in verità dentista, che si perde con il suo Cesna dopo un volo coreografico sopra il suo sobborgo signorile, costringendo un grande aeroporto vicino alla chiusura.

Possiamo ampiamente vantarci di simili glorie. Durante una delle nostre prime crociere bloccammo l'entrata del porto di Cali su Salina per mezza giornata, perché avevamo finito il diesel, dovemmo gettare l'ancora e fare l'autostop fino alla prima stazione di servizio sull'isola. Nel porto di Capri rubammo la scena a vecchie celebrità del cinema quando la nostra ancora si impigliò in un groviglio di gomene di barche da pesca. Presentata come una grande attrazione turistica, ci vollero ore per liberarla. Un'altra volta affondammo l'ancora di una nave a noleggio, che l'equipaggio precedente non aveva agganciato alla fine della catena, nel bacino del porto di Corcula e in tarda serata dovemmo ingaggiare un subacqueo militare locale che si dice fosse un famigerato cecchino a Sarajevo e che l'ha portata su per noi da una profondità di tredici metri. Vicino a Olbia danneggiammo la chiglia di uno yacht charter nuovo di zecca, quando non leggemmo correttamente la carta nautica, e ci incagliammo su uno scoglio, senza alcuna interferenza di una sirena. Purtroppo, questa geniale manovra sarebbe stata emulata anni dopo da un certo signor Schettino con un'enorme nave da crociera al largo dell'isola del Giglio.

Come si può supporre, non siamo passati alla storia della marineria cristiana grazie a queste gesta eroiche. Tuttavia, avemmo la possibilità di farlo durante un'operazione di salvataggio al largo della costa dell'Elba, dove assistemmo un bizzarro equipaggio di uomini, per una volta non dall'Italia, ma dal nostro paese d'origine, la Baviera, in estrema difficoltà in mare. Avevamo incontrato l'equipaggio prima, alla base della nostra compagnia di charter a Porto Ferraio – una piccola città amichevole con un'impressionante fortezza che sorveglia l'entrata di un'ampia baia, un meraviglioso porto naturale. I nostri compagni di navigazione erano otto compatrioti che, con il loro skipper Edmund, conosciuto come Edi, avevano noleggiato un'imbarcazione di trentanove piedi chiamata Andromeda per la nostra stessa settimana.

Al molo, ci attraccammo accanto a loro, e il responsabile della base, uno svizzero pentito della vita da colletto bianco di nome Giorgio, ci istruì dopo di loro – con competenza e con un certo disprezzo per la categoria dei marinai della domenica in generale e dei topi di biblioteca in particolare – nell'uso della nostra nave. Se Andromeda fu la figlia di un re etiope da portare in sacrificio a un mostro marino, l'omonimo della nostra nave doveva tuttavia infastidire un filosofo greco, e quindi ha lasciato il segno anche nel mondo antico – stiamo parlando di Xanthippa.

Mentre facevamo scorta delle solite provviste come bevande, frutta e verdura, cibo in scatola, pasta e una grande quantità di biscotti per i viaggi notturni, notammo che i nostri vicini avevano portato non meno di otto casse piene di birra Ichnusa e una decina di bottiglie di grappa, che poterono essere stivate a bordo soltanto con grande difficoltà.

"Non importa, tanto se ne andranno presto", commentò Edi durante le manovre di carico.

Come è noto, anche nell'epoca d'oro dei grandi velieri, la navigazione funzionava solo grazie a molti barili di rum, e quindi scherzammo solo sulla portata alcolica dei nostri compatrioti, ma per il resto non demmo alcuna importanza alle provviste liquide.

La mattina seguente lasciammo il porto di Porto Ferraio con la Xanthippa sotto un bel sole e una leggera brezza. Sotto un comando navale enfaticamente democratico di sei capitani riuscimmo solo a fare una caotica manovra di lancio, perché una delle cime di ormeggio posteriori si impigliò in una bitta e la barca girò nella direzione sbagliata. I nostri amici bavaresi, invece, salparono con grande sicurezza, ogni membro dell'equipaggio armato di una bottiglia di birra. Per l'addio ci salutarono superiori con "Ahoy". Sull'albero maestro misero una bandiera che probabilmente avevano creato loro stessi, che mostrava una testa di pirata nera su uno sfondo bianco-blu. Nel suo angolo inferiore destro ruggiva un leone con un rombo, uno stemma non necessariamente tipico di rapaci marini; in verità, il tutto era simile alla bandiera della Democrazia Cristiana Bavarese. Ecco come dovevano essere, i veri signori dei sette mari bavaresi!

Volendo approfittare del bel tempo e della leggera brezza, spegnemmo il motore nella baia del porto e alzammo la randa e la genoa. Di routine chiudemmo i portelli e le valvole di mare e impostammo la radio sul canale di soccorso. La Xanthippe si inclinò nell'acqua e planava elegantemente oltre la roccia della fortezza di Porto Ferraio, mettendo noi marinai d'acqua dolce di ottimo umore. L'Andromeda aveva esteso il suo vantaggio iniziale e ora navigava a circa cento metri davanti a noi in una rotta lungo l'isola verso Capo Enfola.

Anche il suo equipaggio sembrava di essere di ottimo umore e cantava le note marinaresche: *A Monaco, c'è una Hofbräuhaus*, *Dammi una birra, sennò crollo!* e *Quanto furono ubriachi, i vecchi cavalieri!* Dopo di che, che gaffe imperdonabile, *Dobbiamo smettere di bere così poco!*, canzone famigerata dei turisti tedeschi che si scolano la Sangria dal secchio a Maiorca. Per far onore all'Italia, mancava invece *Certe Notti* di Ligabue: *E si può restare soli certe notti qui/Chi s'accontenta gode, così così/Certe notti sei sveglio o non sarai sveglio mai/Ci vediamo da Mario prima o poi!*

Lasciandoci il promontorio alle spalle, mentre ero al timone, notai che stavamo lentamente accorciando il divario con Andromeda. Non senza soddisfazione conclusi che il nostro comando delle vele e il mio controllo regale del timone erano, dopo tutto, superiori ai concorrenti con la birra in mano. Pochi minuti dopo superammo Andromeda, il cui timoniere Edi aveva nel frattempo sostituito la bottiglia di birra con una di rum. Anche se anche l'Andromeda correva a vele spiegate, in acqua sembrava essere più pesante della Xanthippa. Il suo equipaggio, che cantava a squarciagola, ci salutava mentre passavamo davanti a loro con il vento in poppa. Mentre lo facevamo, l'Andromeda si mise sottovento, il che aumentò il nostro vantaggio.

Dopo questa manovra facemmo rotta verso Bastia in Corsica, che speravamo di raggiungere in serata dopo sette o otto ore di navigazione. Il vento si rinfrescò un po' con un tempo pur sempre soleggiato, quindi dovemmo terzarolare la randa per evitare un'inclinazione troppo forte della barca. Grazie al nostro comando democratico con i sei capitani, anche questa manovra richiese un po' di tempo, ma alla fine ebbe successo. Avevamo già perso di vista l'Andromeda, che ora viaggiava ad una certa distanza dietro di noi, quando improvvisamente una voce agitata sul canale di soccorso disturbò l'idillio marino in tedesco: "Andromeda chiama Xanthippa, urgente".

"Cosa c'è?" chiese Peter del nostro equipaggio, in barba a tutto l'abc della radio che avevamo dovuto studiare per l'esame.

"Abbiamo una falla a bordo, la cabina è allagata, l'acqua è già arrivata al tavolo da carteggio e la nostra pompa non ce la fa, venite subito qui!" gridò Edi.

"È uno scherzo o cosa, qui è profondo, non ci sono rocce e non ci sono onde alte", obiettò Peter.

"Non sappiamo nemmeno noi da dove viene l'acqua, ma sta diventando sempre più alta, venite in fretta, per favore", proseguì Edi.

Naturalmente, prendemmo poi sul serio la richiesta di aiuto. Cambiammo rotta e virammo, accendemmo il motore oltre alle vele, e ci dirigemmo verso l'Andromeda…a tutta birra, come si dice in modo emblematico. Anche da lontano potevamo vedere che la nave era immersa nell'acqua e le onde sempre più spesso si infrangevano sul ponte. A distanza di sicurezza ammainammo le vele per essere più manovrabili con la sola potenza del motore e per non speronare l'Andromeda. Quando fummo a portata di mano, il ponte era già completamente allagato e i nostri amici saltarono in mare per il panico e nuotarono verso di noi, risparmiandoci una pericolosa manovra di attracco. Tutti furono in grado di salire a bordo in sicurezza con la scaletta estesa a poppa della nostra nave.

A bocca aperta assistemmo poi insieme ai nostri amici al naufrago dell'Andromeda abbandonata. L'acqua si stava già riversando sulla cabina, e in men che non si dica l'albero e il sartiame affondarono finché il mare non inghiottì l'intera nave. La bandiera con la testa del pirata affiancata dal leone dorato, su uno sfondo bianco e blu, l'orgoglioso emblema dei signori dei mari bavaresi, fu l'ultima ad affondare.

I nostri amici non erano solo imbevuti di lacrime, ma anche di ben altro. "Ho bisogno di una grappa adesso", disse Edi, indicando tristemente il punto nel mare dove ormai non rimaneva altro che un vortice al posto della nave affondata: "Tutta la nostra roba è andata, i pesci possono berla adesso".

A tutta birra, come si dice significativamente, riportammo l'intero equipaggio alla base di noleggio a Porto Ferraio, che raggiungemmo in poco meno di due ore. Il tempo era ancora fantastico con sole, onde basse e solo una brezza moderata. Il responsabile della base Giorgio, già avvertito via radio, ci ricevette sbiancato in volto per l'affondamento. La perdita di una barca all'inizio della stagione lo colpì duramente, perché le trattative con l'assicurazione per una sostituzione avrebbero richiesto più tempo, disse.

La mattina seguente Giorgio inviò una squadra di sommozzatori sul luogo dell'incidente. Utilizzando i dati di rotta del nostro sistema di navigazione, furono in grado di localizzare l'Andromeda ad una profondità di circa trenta metri. Già la prima immersione rivelò il segreto della scomparsa della nave: il suo esterno giaceva intatto sul fondo del mare, solo che i portelli, le piccole finestre sul fondo della cabina, erano aperti. Ecco perché l'acqua era entrata quando la nave sbandò un po' dopo essere salpata. E l'equipaggio, che aveva trincato come una spugna, non si accorse di come la barca si stava riempiendo finché non fu troppo tardi. Edi e compagnia potevano aspettarsi un conto salato, perché la compagnia di assicurazione del proprietario avrebbe classificato il loro comportamento come negligenza grave e avrebbe fatto ricorso contro di loro. La compagnia di noleggio considerò troppo costoso recuperare l'Andromeda, e così rimase nella sua tomba marina, sui fondali al largo dell'Elba.

Fino ad oggi, abbiamo aspettato invano un riconoscimento come soccorritori in alto mare. Tuttavia, la storia di successo della pirateria bavarese che navigava sotto la bandiera della Democrazia Cristiana si concluse tristemente con l'affondamento dell'Andromeda.

A quanto si dice, il partito stesso non si impegna più nella pirateria tra i Sette Mari, ma si è accontentato di ricollocarla nella campagna bavarese, come aveva sempre fatto.

VIII. Pompei sulla Costa Smeralda

Se negli anni precedenti avevamo navigato all'Elba, nel Golfo di Napoli e tra le Eolie, al largo della Sicilia, quell'anno decidemmo di noleggiare uno yacht in Sardegna, più precisamente nel nord-est dell'isola, vicino al porto di Olbia. Della ciurma facevano di nuovo parte Stephanie, Peter, Florian, Ida e Silvia. Fummo attratti dall'arcipelago della Maddalena e della Tavolara, e dalla famosa Costa Smeralda, che con le loro acque turchesi non hanno nulla da invidiare ai Caraibi. Negli anni Cinquanta, un certo signor Aga Khan, uno sceicco arabo o qualcosa del genere, comprò questo tratto di terra dai pastori per costruire esclusivi villaggi turistici per le celebrità intorno al paesino artificiale di Porto Cervo.

In questa zona, più a sud nel Golfo di Marinella, si trovava un'altra chicca: la tenuta di un noto politico, bon vivant e gran criminale, che i lettori attenti hanno già avuto il piacere di incontrare in altre storie. Su una quarantina di ettari di terreno, la stessa dimensione della sua innocua controparte in Vaticano, il pezzo grosso, soprannominato Cavaliere, fece costruire un insieme di ville con una modesta dimensione di 2600 metri quadrati di spazio abitabile. Secondo le informazioni della stampa scandalistica europea, la proprietà comprendeva anche un lago artificiale, sette piscine, una serra con orchidee, palme e centinaia di specie di cactus provenienti da tutto il mondo, ulivi secolari, un anfiteatro e, giusto per completare il tutto, in realtà non così necessarie, alcune cascate d'acqua artificiali.

Purtroppo, alcuni invidiosi senza scrupoli, probabilmente come sempre provenienti dalle file dei comunisti, screditarono la tenuta in pubblico, e questo solo a causa di alcune feste prosaiche, che lo stesso Silvio descrisse come del tutto innocue, e delle quali un paparazzo sardo scattò alcune centinaia di foto da una grande distanza con un teleobiettivo. Dopo un'interdizione alla pubblicazione emanata in Italia, il giornale spagnolo *El Pais* le stampò. Effettivamente, non mostrarono niente di più interessante che i genitali mal consumati di alcuni politici altrettanto consumati e un'armata di dame di compagnia poco o per nulla vestite.

A difesa di Silvio, va rilevato che, sebbene tutte fossero state trasportate in aereo a spese dello Stato, vi è evidenza che solo una di esse, ovvero il ministro delle Telecomunicazioni, apparteneva al governo italiano. È indubbiamente un approccio emancipatore, moderno e al di sopra di ogni critica, quello di liquidare le amanti di serie B non solo con castelli, gemme, fiori, portasigarette o saponi profumati, ma anche di fornire loro prospettive lavorative nel governo di un paese. Coi giornalisti, Silvio si vantò una volta: "Faccio solo quello che tutti gli uomini vorrebbero fare". Poi cercò miseramente di giustificarsi dicendo che la sera precedente aveva dovuto gettare la spugna vergognosamente presto, cioè già dopo l'ottava delle undici signore che aveva ordinato, per motivi di debolezza fisica. Anche se all'epoca aveva solo settant'anni!

La tenuta fece anche notizia a causa di un labirinto di passaggi segreti, grotte con statue e mosaici romani, che creavano un collegamento tra le ville e il mare vicino, sistema evidentemente copiato dai primi film di James Bond (e apparentemente tradito da alcune spie infiltrate tra gli ospiti). L'accusa ridicola di alcuni invidiosi giornalisti di sinistra era che il tutto era stato eretto abusivamente in una zona di conservazione della natura e dell'acqua in violazione di tutte le prescrizioni legali, dopo aver corrotto le autorità locali.

Silvio rispose in modo convincente che niente meno che gli interessi esistenziali di sicurezza del paese richiedevano la segretezza della costruzione. Perché in caso di attacco all'Italia, solo i passaggi nascosti gli avrebbero permesso di raggiungere il mare dalle ville, di essere prelevato lì da un sottomarino, e di organizzare la difesa nazionale come comandante supremo delle forze armate. Non ci sarebbe stato bisogno di queste obiezioni, comunque, poiché le autorità sarde non avrebbero in ogni caso intentato un'azione legale contro re Silvio, che sparse le sue opere di beneficienza su tutta l'isola. Piuttosto, diedero retta al vecchio detto: *Il cui pane io mangi, la cui musica canto* o, in italiano, *Chi paga i suonatori sceglie la musica*.

Ispirati da queste notizie, il secondo giorno della nostra crociera, ci dirigemmo verso il Golfo di Marinella, sperando di avvistare con il binocolo qualcosa delle feste di Silvio. La stampa italiana aveva appena parlato del suo ritorno in Sardegna. Purtroppo, non eravamo i soli ad aver avuto questa brillante idea, perché una ventina di yacht di diversi paesi stavano ruzzolando nel golfo. L'accesso alla baia fu bloccato da una motovedetta dell'autorità per la tutela dell'ambiente, facendo rispettare il divieto di ancoraggio e la distanza minima di 200 metri delle navi dalla costa. Era sospettoso che queste regole fossero controllate così rigorosamente proprio qui. L'impressione era che, oltre alle bellezze della natura, anche la fauna locale – cioè i mammiferi femminili rigogliosamente sviluppati durante la stagione degli amori – dovesse essere protetta.

A causa della motovedetta partimmo delusi. A parte alcuni muri del giardino e alti alberi, non si poteva vedere nulla da lontano, né con il teleobiettivo né con il binocolo. Dato che la giornata era già avanzata, e visto il bel tempo, decidemmo di passare la notte in una baia vicina, al di fuori della zona riservata. Quando arrivammo lì, gettammo l'ancora nel fondale sabbioso usando come da manuale la retromarcia del motore. Dopo di che, scendemmo a terra con il gommone su cui avevamo caricato tutto il necessario per il barbecue. La mattina eravamo riusciti a comprare un gattuccio da un pescatore, che ce l'aveva offerto come gustoso pesce da barbecue. Sulla spiaggia accendemmo un falò di legna da ardere e carbone, delimitato da due muretti di pietra costruiti in fretta. Su questi mettemmo la griglia che avevamo trovato in una cassa di poppa della nave.

Squalo gatto alla griglia con pane all'aglio e insalata di finocchi crudi e pomodori, e pan di stelle come dessert, è un menu poco conosciuto e ciò, come ci si può immaginare, a ragione. Lo squalo era duro e sapeva meno di pesce che di una gallina dell'Aia che era stata scambiata per un pollo ed era finita per sbaglio sulla griglia. Accecati dalla fame, mangiammo comunque tutto.

Stavamo giusto per affogare la frustrazione per lo sfortunato safari fotografico e la modesta cena in brocche di vino campagnolo sardo e scivolare in un piacevole sonnellino, quando Pietro si alzò come punto da una tarantola: su un pendio poco distante da noi, in direzione del Golfo di Marinella, si stava accumulando una barriera di fuoco rosso che illuminava sempre di più la baia.

"Qualcuno ha idea di cosa sia?" chiese Peter, spaventato.

"Sarà un fuoco enorme e viene direttamente verso di noi, ahi, sento già il calore", grida Silvia, fuori di sé.

"Se è un'eruzione vulcanica come quella del Vesuvio", gridò Florian, che aveva visitato Pompei prima della vacanza, "allora è finita, possiamo lasciare ogni speranza".

"Ma non ho mai sentito parlare di un vulcano attivo in Sardegna", interruppi.

"Non si sa mai, ci sono anche vulcani dormienti che impiegano millenni per risvegliarsi", controbatté esperto Florian.

Opportunamente, mi ricordai di una presentazione che dovevo fare in classe di geografia all'epoca sulle eruzioni vulcaniche: Prima c'è un'eruzione di cenere, lava e gas, accompagnata da una pioggia di pomice, e può verificarsi anche un terremoto. Poi il vulcano effonde grandi quantità di magma, che si combina con la lava per formare mega-flussi a valle che seppelliscono tutto ciò che c'è sotto. Se una persona è sopravvissuta fino a questo punto, ora morirà in una tempesta piroclastica, un bagliore caldo fino a 800 gradi di gas e roccia fusa che estingue ogni vita, anche sulle navi in porto. Ancora più lontano, si può morire per i flussi piroclastici e i vapori sulfurei, come accadde a Plinio il Vecchio vicino a Stabiae..".

Improvvisamente un ruggito di Ida interruppe il mio flusso di pensieri: "C'è un forte brontolio, lo sento già rimbombare, è sicuramente un terremoto".

Eravamo pietrificati dalla paura... Il muro di fuoco aveva raggiunto ormai dimensioni enormi, illuminando la baia come se fosse giorno. E improvvisamente anche la terra cominciò a tremare leggermente.

"Volevo solo fare una vacanza normale con voi ", singhiozzò Ida, propensa verso Florian, "perché io stupida oca mi sono dovuta innamorare di quest' idiota con le sue storie di vulcani... e ora moriremo tutti, mia madre non mi perdonerà mai... sarei dovuta rimanere con Manfred, in Bassa Baviera, al massimo avrei visto un vulcano in tv... ma ora è successo, che peccato, avevo ancora tanti progetti per la vita..."

Ci bloccammo per lo shock, le immagini delle nostre vite precedenti ci passarono davanti, e ci preparammo mentalmente alla colata lavica sotto la quale saremmo evaporati in una frazione di secondo.

Ma contrariamente a tutte le paure, non accadde nulla, e dopo pochi minuti eravamo ancora seduti in silenzio intorno al fuoco, aspettando la nostra fine. Ma a un certo punto notai che il muro di fuoco stava diventando più piccolo e delle sirene stavano suonando in lontananza.

A poco a poco riacquistammo la nostra compostezza e tornammo nella nostra pelle. Il suono della sirena era ora più udibile.

"I vigili del fuoco stanno uscendo da qualche parte, forse è stato solo un normale incendio o qualcosa del genere", ipotizzò Peter.

Solo ora ci venne in mente di tornare a bordo il più in fretta possibile, in modo da poter fuggire con la nave se necessario. Senza impacchettare le nostre cose, spingemmo il gommone in acqua e remammo a tutta velocità fino allo yacht, che, non impressionato dall'imminente giorno del giudizio, continuava a stare tranquillamente all'ancora.

Quando tornammo sul ponte attraverso la scala da bagno, il muro di fuoco sul Golfo di Marinella era quasi spento.

"Sta diventando più piccolo ora, ce la siamo ovviamente cavata ", ci rassicurò Peter. "Ma accendiamo la radio, forse sentiremo qualcosa".

Così facemmo, e non dovemmo aspettare molto sul programma radiofonico di Rai Uno: "Ed ecco un messaggio per i residenti di Porto Rotondo e dintorni nella Provincia di Olbia, in Sardegna. Recentemente un muro di fuoco e un presunto terremoto hanno seminato paura e confusione tra la popolazione. Secondo una comunicazione urgente dei vigili del fuoco di Olbia non si tratta di un disastro naturale, ma di un'eruzione vulcanica artificiale nella tenuta del presidente del consiglio Silvio Berlusconi nel Golfo di Marinella. Non era stato dato alcun preavviso, e tutto è stato apparentemente messo in scena per il divertimento degli ospiti della festa. Non c'è alcun pericolo e si consiglia vivamente di mantenere la calma..."

E così avevamo finalmente ottenuto alcune riprese dal vivo della tenuta sarda di Silvio. Non sottovalutate questo vulcano di uomo!

IX. Non si scherza in Alto Adige

L'Alto Adige è un angolo remoto e sonnac-chioso alla fine del mondo italiano, dove la civiltà umana retrocede fino a massicci rocciosi, gole impervie e fiumi selvaggi. Mentre nelle Alpi settentrionali le montagne e le valli sono disposte in modo ragionevolmente simmetrico e disciplinato, in Alto Adige e nel vicino Trentino regna sovrana una favolosa confusione. I massicci delle Dolomiti altoatesine vantano spuntoni ribelli, figure anarchiche, torrette e bovindi spavaldi, ampi varchi e curve rigogliose al posto sbagliato; montagne e valli sono interrotte da cinture boscose di colline, dolci altopiani e sfacciati laghi blu. A quanto pare il buon Dio non creò questo paesaggio durante l'orario di lavoro tariffario, ma lo assembrò in un bar durante l'aperitivo, distratto da una fata delle nevi con un sorriso raggiante e un bicchiere di Bombardino in mano. In breve, le Dolomiti danno un assaggio di quel caos che si trova ancora maggiore più a sud, nel cuore dell'Italia.

D'altra parte, la gente dell'Alto Adige è ancora alla vecchia maniera. Per nulla sfiorati dalle tentazioni della civilizzazione e della vita sfrenata, si accontentano di una misera esistenza in vecchie case di legno. Si guadagnano il pane quotidiano con il duro lavoro. In estate portano il bestiame sui pascoli di montagna e tagliano con la falce l'erba da foraggio dai ripidi pendii della montagna. In autunno vendemmiano e spremono un delizioso vino che inebria i sensi e l'anima. E d'inverno lavorano con le slitte nella foresta, per poi ritrovarsi di sera davanti al fuoco scoppiettante della stufa, intagliando figure di presepi, legando scope e riparando scarpe e vestiti. La domenica sfilano nei loro colorati costumi tradizionali fino alla chiesa sopra il villaggio e lodano Dio nel canto e nella preghiera, naturalmente in tedesco. Sfortunatamente, gli austriaci persero l'Alto Adige a favore dell'Italia dopo la Prima guerra mondiale e con rispetto al loro fedele amico Mussolini, anche i nazisti accettarono questo stato delle cose. A parte questa sfortunata coincidenza, il mondo lì è ancora intatto.

Almeno questo è quello di cui gli opuscoli pubblicitari, le riviste per il tempo libero e i siti web cercano di convincere i circa sei milioni di turisti tedeschi, che ogni anno invadono l'idilliaco paradiso con i loro veicoli premium, moto fuoristrada e aerei privati. Sciano in mega stazioni sciistiche, con centinaia di impianti di risalita e migliaia di chilometri di piste che collegano sempre più valli. Oppure visitano centri di sci di fondo quasi altrettanto cool e templi del fitness e del benessere per tutto l'anno. Altri ancora si dedicano ai nuovi sport: heliskiing, rafting, canyoning e bungee jumping. E la sera si sistemano in sale d'albergo caratteristiche in legno di cembro per gustare il menu di sette portate, bevande comprese, che è incluso nel prezzo del pacchetto.

Le regioni alpine dei vicini Veneto e Friuli, non meno belle dal punto di vista paesaggistico, che attirano solo qualche centinaio di migliaia di turisti all'anno, sono verdi d'invidia. Tuttavia, non hanno ancora deciso di introdurre il teutonico come lingua ufficiale. Nel frattempo, però, anche loro attirano i turisti con opuscoli patinati in lingua tedesca con attrazioni come bivacchi per buongustai, salubri foreste di montagna, palestre di roccia in fiore, torrenti appena rinfrescati e laghi in fermentazione. O con appartamenti per le vacanze con bagni singoli lucidati, zoccole da bagno per tutti e bambini gratis. Pure il turismo thailandese potrebbe prendere ispirazione da queste soffiate. A proposito, la traduzione, generosamente finanziata da un fondo regionale europeo, fu opera del figlio del direttore del turismo locale, che sta imparando il tedesco come seconda lingua straniera al terzo anno di liceo.

Anche se volevamo solo fare un po' di escursioni all'antica in montagna, fummo anche noi attratti dal paradiso altoatesino, perché si trova, per nostra convenienza, tra la Baviera e la Toscana. E così, in un bel venerdì pomeriggio di settembre verso le tre e mezza, mi trovai con il mio amico Peter sulla salita al Rifugio Stella Alpina nel Val di Fleres. Questa valle sfocia solo a breve distanza dal Brennero nella valle principale scavata dal fiume Isarco. Volevamo intraprendere un tour di più giorni su sentieri d'alta quota con viste magnifiche, che sarebbero troppo faticosi per il turismo di massa. Ciò è quantomeno quello che sosteneva la nostra guida escursionistica, nel scaltro tentativo di elevare i suoi compratori ai pochi eletti rispetto al gregge plebeo degli escursionisti.

Sulla mappa delle escursioni, la salita dal parcheggio al rifugio non sembrava vicina, e c'erano anche circa mille metri di altitudine da superare. Ma l'informazione data al telefono con un rustico accento sudtirolese dal gestore del rifugio: "Un'ora e mezza a piedi, comodo" ci tolse ogni preoccupazione. Tra passi coraggiosi e zaini non così leggeri iniziammo la salita, che passava per un primo tratto su una strada lastricata di ghiaia. Il rifugio avrebbe potuto essere raggiunto anche su questa strada, ma presto deviammo sul sentiero di montagna più bello, anche se più ripido, raccomandato dalla guida.

La foresta si diradava lentamente e il sentiero rivelava viste sempre più magnifiche della valle e delle catene montuose circostanti con le loro cime frastagliate. Dopo circa un'ora eravamo esausti a causa della nostra camminata a passo sostenuto e ci riposammo su una panchina di fronte a una piccola cappella. Un'iscrizione sopra la porta d'ingresso diceva che gli abitanti della valle l'avevano costruita diverse centinaia di anni prima come stazione per i pellegrini. Dopo un adeguato ristoro con acqua e panini diedi un'occhiata alla mappa, dove all'inizio non trovai la cappella. Poi individuai una croce nera sul bordo della linea tratteggiata del sentiero, non lontano dal parcheggio.

"Non può essere la cappella, probabilmente abbiamo camminato già di più", dissi a Peter.

"Vediamo, forse lo è, e il gestore ci ha detto delle sciocchezze", replicò acutamente.

In effetti, il gestore non ci aveva detto la verità. Il sentiero si appiattì di nuovo inizialmente, ma questo pezzo fu seguito da una salita intermedia. Attraverso questa raggiungemmo una piccola valle, che in alcuni punti si restringeva in una gola. Nel mezzo, un ruscello con maestose cascate scrosciava in piscine naturali gorgoglianti. Il sentiero lungo il corso d'acqua era esposto in alcuni punti, ma molto bello. Sulla stretta riva si trovavano alcuni pini di montagna spazzati dal vento, ma dietro di loro si ergevano possenti pareti di roccia. Tuttavia, dopo due ore non c'era alcuna traccia del rifugio. Era la vendetta inflittaci, ora che avevamo osato sottovalutare la distanza e iniziato l'escursione con una velocità troppo elevata. Allo stremo delle forze, ci godevamo sempre meno il maestoso paesaggio e desideravamo solo raggiungere quel rifugio.

Ma subito dopo, davanti a noi apparvero dei nevai attraverso i quali passava il sentiero. In queste zone ombreggiate a più di 2000 metri, la neve dura ben oltre i mesi estivi. Ogni passo era faticoso, spesso sprofondavamo fino alle ginocchia e progredivamo solo a passo di lumaca. Dopo un po' il sentiero divenne più ripido e lasciò la valle del ruscello per snodarsi su un pendio di montagna costellato di campi di ghiaia. Stavamo camminando da tre ore quando improvvisamente vedemmo il rifugio in cima al rilievo successivo. Troneggiava su un giogo foderato di massi enormi, che collegavano come un nastro due cime coperte di neve.

La vicinanza della meta ci spronò e così riprendemmo la salita finale con più entusiasmo e dopo un'altra mezz'ora ci fermammo davanti al rifugio, ormai verso le 7 di sera. Lentamente, la giornata volse a termine, lasciando il posto al buio. Il sole al tramonto illuminava solo i massicci montuosi, avvolgendoli in un mite velo di luce, e un paesaggio fatato si sparse con le sue ombre. Ben presto il sole scomparì completamente e le cime brillavano nel frattempo di un rosso pallido – il leggendario *Alpenglühen*, il riverbero rossiccio sulle vette! Uno spettacolo naturale che ci compensò delle fatiche della salita. In modo del tutto inappropriato, mi venne in mente la storia degli Eroi del cinema di Sigi Sommer, che avevamo letto a scuola: *Il lazzarone giace prostrato nella polvere, e attraverso il suo petto perforato dai proiettili si vedono gli ultimi raggi del sole al tramonto!*

Alle sette in punto eravamo finalmente davanti al rifugio, ci erano volute ben tre ore e mezza. Dall'esterno era poco appariscente, con muri di pietra grossolanamente intonacati che necessitavano una nuova mano di vernice. All'interno, tuttavia, la sala risplendeva appena rinnovata nello stile Jodler, come lo si conosce dalla Baviera, con panche e tavoli in legno massiccio di fronte a pareti a pannelli, decorate con un fregio circostante di intagli. Questi raffiguravano scene di vita di campagna: vivaci cameriere e braccianti che mietevano il fieno, montanari che falciavano su un ripido pendio, e un trattore col rimorchio che, davanti a una cascina con persiane di legno decorate con fiori sbocciati in vasi, faceva rifornimento di carburante.

"Salve, sono Robert. Siete voi i due tedeschi che si sono registrati per questo pomeriggio, siete piuttosto in ritardo!", ci salutò un signore corpulento con un grosso cranio rossiccio.

"Sì, ci abbiamo messo molto più tempo del previsto, non un'ora e mezza come avevi detto, ma tre e mezza".

"Mi dispiace, ma non posso farci niente se voi due siete tirolesi di pianura e affrontate la salita come una passeggiata in città. Qui non siete nella zona pedonale di Monaco, mentre andate a prendervi l'aperitivo!"

Si sarebbe potuto risparmiare questa utilissima osservazione, perché la sottile differenza logistica ci era effettivamente chiara. Offesi nel nostro onore, protestammo: "Sì, ma chi può superare mille metri di altitudine in un'ora e mezza?"

"Sì, si può, se si sta bene in piedi, e forse non avete trovato il sentiero a destra, che è una scorciatoia", ribadì Robert. Non avevamo visto nulla di un tale sentiero, né la mappa lo mostrava. "Ma ora siete qui, e arrivare è tutto, altrimenti non conta nulla. Vi offrirò una grappa come benvenuto", concluse.

Come attestava la sua faccia da sagre di paese e il suo bel cimitero di gnocchi, che si estendeva verso il basso in un ingorgo sulla tangenziale, come si dice in Bavarese, Robert possedeva un alto livello di competenza grappesca, che doveva aver acquisito con decenni di pratica. Sicuramente era salito in jeep, col cavolo in un'ora e mezza di comoda camminata, pensai torvamente. Poi dalla porta della cucina uscì un ragazzo magro, forse diciottenne, con un vassoio e tre bicchierini di grappa, che si presentò come Valentin. Probabilmente era una specie di apprendista ed era lui che faceva il vero lavoro qui.

La grappa di benvenuto rappresentava apparentemente un rituale che si svolgeva con tutti gli ospiti del rifugio. Robert svuotò il suo bicchiere in un colpo solo, ci augurò un piacevole soggiorno e ci indirizzò a Valentin per la registrazione e consegna della camera. Poi questi venne al nostro tavolo con il libro degli ospiti, inserimmo i nostri nomi, e come vendetta pensata al momento, scrivemmo nella rubrica "professione": *ispettori di rifugi del Club Alpino Tedesco*, ma Valentin non ci fece caso. Ci fu assegnata una camera con due letti, bagno e doccia comuni.

"Non pensateci," aggiunse Valentin, "Robert beve un po' troppo da quando sua moglie è scappata un paio di anni fa e deve gestire il rifugio da solo, ma per il resto è innocuo!"

Annuimmo con comprensione. Sentendoci una terribile fame da lupi, volevamo fare un piccolo ordine per la cena a Valentin. Avevamo in mente un carpaccio di trota per creare l'atmosfera, poi due lombate di capriolo con mirtilli, canederli e cavolo rosso come piatto principale, e infine uno strudel di mele tirolese in salsa di vaniglia, o forse meglio una torta Sacher con la panna montata?, quando due belle ragazze italiane della nostra età varcarono la porta della sala. Nelle loro scarpe da ginnastica, pantaloni corti e camicie sudate, sembravano completamente esauste, come se stessero per crollare.

"Dov'è il gestore del rifugio?" esclamarono. "Come ha potuto dirci che ci sarebbe voluta solo un'ora per arrivare quassù: noi ci abbiamo messo ben quattro ore, e non avevamo abbastanza acqua e cibo con noi".

"Non vi agitate tanto, fa male alla vostra bellezza", brontolò Robert in italiano grezzo, e subito aggiunse: "Non siete nemmeno attrezzate a dovere per un giro in montagna con le vostre scarpe da ginnastica. Bastano forse per andare in un campo da tennis a Milano o a ballare in una discoteca a Bolzano, ma non per fare una gita in alta montagna. Prendetevi come esempio questi due bei giovanotti bavaresi ", Roberto puntò su di noi, "hanno impiegato solo un'ora per arrivare quassù.

Questo era il colmo! Apparentemente pensava che non avessimo capito. Spiegai allora in italiano alle due principesse dell'escursionismo: "Non fatevi ingannare, sta raccontando un sacco di sciocchezze, ha detto anche a noi che la salita al rifugio durava solo un'ora e mezza, ma poi ci abbiamo messo più di tre ore e ora siamo sfiniti come voi".

Robert apparentemente apprezzò meno questo chiarimento e si allontanò senza aprire più bocca. "Che idiota", lo chiamò la principessa più piccola e minuta, e poi si presentò come "Mara, piacere di conoscervi".

Quindi potremmo iniziare subito a stringere legami delicati con le due bellezze, che sembravano piuttosto sportive. Mara e Marina, che era il nome dell'altra principessa un po' più tracagnotta, venivano da Bologna, prima di allora non erano mai state sulle Alpi e volevano provare qualche escursione, dopo essersi lasciate alle spalle un esame all'Università. Ma questo primo tentativo fu un completo fallimento.

Dopo alcune chiacchiere su studi e università italiane proponemmo un gioco in cui ognuno riceve un pezzo di carta con il nome di una persona nota a tutti i partecipanti attaccato alla fronte, che poi deve indovinare. Mentre le due principesse ci diedero i nomi di Leonardo da Vinci e Benito Mussolini, noi appiccicammo con furbizia sulle fronti i loro stessi nomi per saperne di più su di loro.

Mara iniziò subito chiedendo: "Sono un'attrice e amante di James Bond?", ma dovetti scusarmi per una visita al gabinetto reale. Il tragitto portava oltre la porta aperta della cucina, e lì mi fermai, elettrizzato, non credendo alle mie orecchie:

"Hai visto questi due idioti, hanno scritto nel libro degli ospiti Ispettori del Club Alpino Tedesco. Sarebbe la prima volta che quelli papaveri di Monaco mi mandano qualcuno a controllarmi, non credi? Ma non mi lascerò ingannare da questi tizi, devono essere di qualche università o altro e i loro genitori glielo ficcano nel sedere, non gli credo per nulla", si infuriò Robert.

"Hai anche preso in giro tutti dicendo che il tempo di salita era di un'ora e mezza, mentre a noi ne servono due e mezza, e poi anche il trucco sulla scorciatoia a destra, che non esiste più!" rispose Valentin.

"Immagino che ci sia permesso di divertirci un po' quando ci facciamo il culo giorno dopo giorno per questi stranieri", Robert si difese e aggiunse: "E ora stanno scherzando con queste due ragazze italiane, fingendo di voler fare qualche stupido gioco, ma in realtà le vogliono solo scopare, questo è ovvio", Robert continuò a sibilare.

"Se non dovessi trattenermi con gli ospiti, ci proverei anch'io", ammise Valentin in modo disarmante.

"Sai cosa, dirò subito alle donne che quei due idioti sono così cotti dopo la scalata e non ce la fanno più ", ragionò Robert.

"Non puoi, sono ospiti qui dopo tutto, e forse sono davvero ispettori", controbatté Valentin.

Accidenti, hanno usanze rozze qui in Alto Adige, pensai tra me e me e scomparvi silenziosamente in direzione del gabinetto per non essere scoperto.

"Sono forse una criminale ricercata, una rapinatrice-assassina che fa a pezzi le sue vittime o roba simile?" sondò Marina mentre tornavo al gioco, ma in quel momento la porta si aprì ed entrò un gruppo di uomini italiani. Tutti sembravano andare a una cena d'affari, indossavano abiti neri, scarpe di pelle costose e catene d'oro al collo, parevano venditori d'auto, agenti assicurativi, truffatori matrimoniali o presidenti di quartiere della Lega Nord. Sicuramente erano saliti con una jeep, dopo qualche ora di camminata non avrebbero più avuto un aspetto così curato, pensai.

"Buona sera, possiamo restare qui per cena?" chiamarono verso il bar e si sedettero subito a un tavolo adiacente.

Robert si rivolse tranquillamente a Valentin: "Mi mancavano solo questi bellimbusti italiani di città. Non hanno niente da fare in un rifugio di montagna, non ci si arriva in jeep vestiti da sbruffoni, non siamo un ristorante di specialità per snob!"

"Sono Papa Benedetto sedicesimo?" chiese Peter, e uno degli uomini con i baffi ben curati, presumibilmente il capo del dipartimento assicurazione RC, chiese il menu. Robert annuì e mise sul tavolo un menu per i nuovi ospiti, mostrando apertamente il suo astio nei loro confronti.

"Avete anche un menu italiano? Lì dentro è tutto in tedesco", disse il responsabile del dipartimento con tono esigente, non proprio educato.

"No", ribatté acido Robert, aggiungendo in brutto italiano: "Siete qui in una baita di montagna in Tirolo, dove si parla tedesco".

"No, siamo in Italia", lo corresse brusco il capo reparto, "e ci deve essere un menu italiano, altrimenti sarebbe uno scandalo".

"Non abbiamo nient'altro, vaffanculo e cucina per te", sbuffò Robert, intenzionalmente allontanandosi di nuovo dal tavolo degli uomini.

"Vogliamo subito il menu italiano o chiameremo la polizia, non si può essere discriminati come stranieri nel proprio paese", gridò il capo del dipartimento.

"Sei il benvenuto a provarci", tornò vittorioso Robert, "vedremo se ti fa bene allora".

La polizia difficilmente sarebbe arrivata in un rifugio di montagna di sera, pensai, ma nel frattempo avevo riconosciuto il mio nome e volevo assaporare ancora un po' il tutto: "C'è un mio quadro appeso al Louvre con una donna dallo sguardo magico? E ho fatto morire precipitando

due miei allievi in una macchina volante autoco-
struita?", come si legge su una targa commemora-
tiva in un punto panoramico vicino a Fiesole.

"Sono un italiano che ha avuto molti amici tedeschi?" anche Peter si avvicinò alla soluzione
dell'eroe degli indovinelli.

"Sì, puoi metterla così, ma poi gli italiani alla
fine si sono risentiti un po' per questo", ribatté
Mara.

Valentin apparì in quel preciso momento con
il cibo e così interrompemmo il gioco. Prima servì
il nostro carpaccio di trota e una zuppa d'orzo con
verdure e funghi per le principesse. Questi piatti
erano ancora ragionevolmente equilibrati. Spinti
dalla fame, divorammo gli antipasti in un lampo,
senza goderci veramente il nobile filetto di pesce.
Anche le principesse si riempirono in un attimo
della loro zuppa dall'aspetto delizioso. Poi arrivarono porzioni gigantesche di lombata di capriolo
con canederli e salsa di mirtilli, serviti con cavolo
blu, elegantemente impiattato in due ciotole. Gli
enormi pezzi di carne mi fecero pensare che forse
si trattasse di un cervo, un cinghiale o addirittura
un'orsa maggiore rilasciata per la macellazione.
Le nostre controparti furono soddisfatte con una
Caprese, cioè pomodori con mozzarella e basilico.
Lo squilibrio calorico non poteva essere negato
ora. Le principesse ci lanciarono sguardi inquieti
sulle cime dei cumuli di carne e, per peggiorare le

cose, si dichiararono vegetariane. Forse non soddisfacemmo pienamente le loro richieste in termini di cultura alimentare e nutrizione sostenibile. Ancora più imbarazzante era il dessert, perché per sopportare in qualche modo l'agonia di scegliere tra lo strudel di mele e la Sachertorte, avevamo semplicemente ordinato entrambi per tutti e due. Per fortuna le principesse si lasciarono invitare a dividere i due dessert, e così l'umore fu salvato. Dopo la cena, riprendemmo il nostro gioco, ma fummo bruscamente interrotti.

"Chi ci ha chiamato qui?" i poliziotti, che non avevo sentito arrivare, scattarono verso gli ospiti del rifugio.

"Siamo stati noi", spiegò il capo dipartimento, "come vi abbiamo già detto al telefono, qui siamo deliberatamente discriminati; il gestore finge di non capirci e non ci vuole dare il menu italiano".

"Cosa ne pensi, Robert?" chiese ora in tedesco il più anziano dei poliziotti.

"Non riesco proprio a spiegarmelo, sicuramente c'è anche un menu italiano sul tavolo, ne abbiamo davvero un bel po'", si contorse Robert. Poi, con un gesto sospettoso degno di un borseggiatore, pescò qualcosa dal tavolo degli uomini e lo consegnò ai poliziotti.

"Eccolo, il menu italiano!" rise il poliziotto più anziano, "la specialità di oggi, arrosto di cinghiale al vino rosso con tagliatelle e finferli, e bugie per dessert, sembra abbastanza gustoso, no?

"Non esiste!" urlava uno degli uomini, "per tutto questo tempo l'abbiamo chiesto, e il locandiere continuava a ripetere che non aveva un menu italiano. Lo giuriamo!"

"Sapete una cosa, amici", disse il poliziotto più anziano agli Italiani, "se ci fate venire di nuovo su questa montagna per niente, potete anche tornare con noi. Abbiamo delle accoglienti celle libere alla stazione, dipinte di fresco, sono sicuro che vi sentireste a vostro agio lì, nei vostri abiti eleganti".

Gli italiani si bloccarono, pallidi e incapaci di far uscire un'altra parola. "Buonanotte, Robert, non preoccuparti", si congedarono i poliziotti. Poco dopo, gli italiani, guidati dal capo dipartimento RC, uscirono dalla stanza lasciandola silenziosa. Fuori si sentivano ancora i motori accendersi e le auto allontanarsi, poi di nuovo il silenzio.

"Salvini o Mussolini, chi sono allora?", chiese trionfante Peter, e Robert si rivolse a noi con un occhiolino: "L'ho fatto solo per voi, affinché non vi rovinassero la serata con le vostre due nuove amiche. Spero che lo mettiate con valutazione positiva nel rapporto per il Club Alpino Tedesco!"

X. Sulle orme di Lully

Durante i semestri che noi dell'Istituto pretendevamo di dedicare al lavoro di ricerca e ai seminari, mi davo anche amatorialmente alla musica. In questo contesto, solo i profani inesperti esprimeranno l'opinione secondo cui suonare in un'orchestra è meno pericoloso di fare escursioni in montagna o andare in barca a vela. In realtà, la manipolazione di strumenti e dispositivi musicali comporta pericoli inimmaginabili.

Il tragico destino del famoso musicista fiorentino Giovanni Battista Lulli ne è testimone. Figlio musicalmente dotato di una famiglia povera, nacque nel 1632 e arrivò a Parigi nella sua infanzia come quello che una vecchia enciclopedia definisce il paggio di una ricca nobildonna. Alla corte di Franca, fin dalla giovinezza, divenne amico del successivo Re Sole Luigi XIV. Con il nome di Jean-Baptiste Lully vantò una carriera senza precedenti come compositore, musicista e ballerino, che lo portò persino all'elevazione alla nobiltà. Il suo declino iniziò negli ultimi vent'anni del 1600, quando una nuova amante del re lo cacciò dalla corte perché disapprovava la sua disinvolta omosessualità. Eppure, Lully mendicava la riconciliazione con il suo amico d'infanzia, il re, ad ogni occasione. Questa avvenne nel 1686, dopo che il re era stato quasi ucciso - e poco gloriosamente nemmeno in guerra, bensì dai suoi dentisti. Mentre estraevano un dente, gli strapparono un pezzo della mascella superiore e la ferita sanguinante dovette essere cauterizzata con un ferro rovente. Tutta la corte si aspettava che il re morisse, ma egli si riprese. Per la celebrazione della sua guarigione, Lully preparò una grande composizione: un enorme Te Deum con l'orchestra di corte, composta da non meno di trecento musicisti. Ma durante un'esibizione nell'Église des Pères Feuillants a Parigi all'inizio del 1687, si verificò un incidente fatale: Lully, come era consuetudine all'epoca, batté la barra sul pavimento con una pesante bacchetta da direttore e così facendo colpì maldestramente un dito del piede. La ferita si infiammò e si infettò con cancrena, di cui il musicista morì pochi mesi dopo.

Dovevo imbattermi pure in Italia in tali pericoli musicali, ma per raccontarveli devo tornare indietro ancora un po'. Molti anni prima, quando ero ancora un liceale bavarese, avevo intrapreso per un certo periodo la carriera musicale. Presi lezioni di piano e di violino e sognavo una vita da musicista d'orchestra, o quantomeno maestro di musica. Fui incoraggiato a farlo da diversi membri talentuosi dell'orchestra della nostra scuola che in seguito diventarono musicisti professionisti e ora suonano in orchestre rinomate. Su consiglio di uno di loro, passai dal violino alla più ingombrante viola, perché questo strumento, che svolge un ruolo di accompagnamento e di servizio nella maggior parte dei brani, è necessario in ogni orchestra, ma è meno popolare. Certo, avrei presto scoperto che i violisti erano considerati più graziati che aggraziati e diventavano spesso lo zimbello di tutta l'orchestra, come i frisoni dell'est in Germania. Con l'unica differenza che ciò era vero per i violisti (come ad esempio: Babbo Natale, il coniglietto di Pasqua, un violista buono e uno brutto aspettano ad un semaforo. Chi attraverserà la strada per primo? Risposta: Il brutto violista, perché gli altri non esistono).

Quando alla fine degli anni scolastici non superai l'esame di ammissione al conservatorio, continuai per un po' la mia carriera musicale nelle case di riposo dei dintorni e come organista sostituto nelle chiese secondarie della mia parrocchia d'origine, fino a quando i miei studi di legge vi posero bruscamente fine. Da allora in poi suonai nelle orchestre studentesche solo per piacere. Anche dopo il mio arrivo a Firenze cercai un'orchestra amatoriale, anche se ce ne sono molte meno in Italia che in Germania. Speravo addirittura di potervi incontrare coetanei italiani simpatici. Poi scoprì che non l'istituto, ma l'università statale di Firenze aveva recentemente fondato un'orchestra. Mi misi in contatto con loro e, essendo un violista ricercato, mi invitarono subito alla prova successiva.

La mia prima sera incontrai molti incredibili personaggi, ma solo pochi studenti italiani. Il direttore d'orchestra era il simpatico Marco, un basso e, per gli standard italiani, insolitamente biondo insegnante di violino pugliese. Sapeva condurre in modo discreto e preciso. Il primo violino era suonato da Beatrice, una fiorentina minuta che aveva studiato violino al conservatorio ed era in realtà troppo brava per l'orchestra. Gli scrittori meno nobili direbbero di lei che andava pazza per Marco, sposato, e lo voleva rimorchiare, ma io naturalmente non voglio abbassarmi ad un pettegolezzo così volgare. Molti degli altri orchestrali erano simpatici studenti di scambio tedeschi e austriaci che erano caduti anche loro nell'illusione strategica di poter incontrare italiani con interessi simili nell'orchestra. Il primo violoncello era suonato da Virginie, una studentessa francese un po' pazza dai tratti delicati, che si presentava alle prove sempre in abiti barocchi. Devo ammettere senza invidia che il suo accento francese suonava un po' più aggraziato in italiano del mio bavarese.

Inoltre, nell'orchestra suonavano adulti provenienti da tutto il mondo, che erano approdati a Firenze dopo delle vite pittoresche. C'era un calabrese moro, quasi pelato, strambo e notoriamente mal rasato con occhiali neri con montatura di corno di nome Vito, che anche lui suonava la viola. Invece di un saluto, la prima prova che lo vidi mi chiese se avessi tanta paura dei cimiteri perché c'erano tante croci – ma in verità volveva dire diesi. Anni prima Vito aveva seguito una bellezza bionda del sud della Svezia, che lo sovrastava di un palmo, nella sua città natale, Amburgo, e lì aveva imparato discretamente il tedesco. Ma a un certo punto non le piacquero più tanto il suo naso e i suoi dintorni più stretti. Perlomeno, gli anni in Germania gli servirono per ottenere un lavoro come interprete occasionale per la polizia municipale dopo il suo ritorno in Italia. Grazie alla microcriminalità quasi solidale dei suoi connazionali calabresi contro i turisti a Firenze, riusciva a stare a galla.

Mi colpì anche la coppia di pittori americani Richard e Anne Maury, che suonavano rispettivamente il violino e il violoncello. Stephanie ed io diventammo presto loro amici, e spesso ci invitavano a cena e a suonare in quartetto nel loro appartamento in un ex monastero sulla Costa San Giorgio, da cui si godeva di una splendida vista sul centro storico. Entrambi erano già sulla sessantina ed erano emigrati a Firenze dagli Stati Uniti decenni prima per vivere in quello che dicevano essere un ambiente stimolante per l'arte. Richard perseguiva uno stile di pittura radicalmente realistico che faceva sembrare i suoi quadri quasi delle fotografie, solo, in qualche modo ancora più pregnanti e notevoli (una selezione di essi può essere ammirata su Internet). Anne dipingeva principalmente fiori e cespugli per stampe d'arte, libri botanici e cartoline. Dopo un lungo periodo di magra, Richard sfondò negli anni '80, quando con l'aiuto di un gallerista di New York si affermò sul mercato americano riuscendo ad assicurarsi delle buone entrate.

Un'atmosfera amichevole si sviluppò presto in questo gruppo eterogeneo. La nostra prima esibizione ebbe luogo alla fine del semestre nel salone delle feste dell'università in Piazza San Marco, dove accompagnammo musicalmente una cerimonia per la consegna dei certificati di laurea. Il programma includeva movimenti di una prima sinfonia di Mozart, l'ouverture Il Coriolano di Beethoven e alcune danze ed arie nel vecchio stile di Ottorino Respighi, una piacevole versione italiana dell'impressionismo. La performance apparentemente impressionò il rettore dell'università, che presiedette la cerimonia: al ricevimento, infatti continuava a rimuginare che non riusciva a credere che l'università avesse un così pregevole ensemble, tanto più che in Italia non c'è una grande tradizione di orchestre studentesche, come se fossimo spuntati dal nulla come un felice fungo musicale, e che in ogni caso ora voleva fare qualcosa di noi.

Cosa questo significasse in termini concreti lo avremmo scoperto alla successiva prova due settimane dopo. Marco ci informò tristemente che in futuro avrebbe suonato il primo violino accanto a Beatrice, in quanto era stato sostituito come direttore dell'orchestra. Come nuovo direttore ricevemmo un professionista del Conservatorio di Musica di Fiesole, che aveva già diretto con successo l'Orchestra Nazionale Giovanile Italiana: Nicola Razskevski, un musicista muscoloso e purosangue che trasudava più rigore prussiano che fascino italiano. Con lui, l'atmosfera non era più così cordiale e rilassata come sotto Marco, perché esigeva rispetto e faceva sempre provare le singole voci separatamente, così smascherando senza pietà chi non aveva fatto esercizio.

Dopo una tale prova delle cinque viole, che, a differenza del piano del compositore, si era conclusa con un atonale d'avanguardia in cinque parti, il mio collega violista Vito fece d'altra parte l'utile intuizione che ora avremmo dovuto procurarci strumenti migliori, già suonati in posizioni più alte. Ma tutto sommato l'orchestra migliorò visibilmente. Sotto Nicola provammo anche musiche più moderne come la prima sinfonia del grande russo Dimitri Shostakovich, il cui suono tragico venne ricreato dal nostro nuovo direttore con un'energia sfrenata. Dopo alcune prove interne, in cui anche le viole fecero una figura più felice, il brano andava bene e potevamo guardare avanti con fiducia ai concerti previsti. Firenze, Fiesole, persino Bologna erano in programma - ma prima Viareggio, una piccola città portuale vicino a Pisa nel delta dell'Arno, famosa per il suo carnevale.

Un bel sabato pomeriggio di aprile, percorremmo i cento chilometri fino a Viareggio in due autobus noleggiati dall'università. Un autobus sarebbe stato sufficiente per l'orchestra, ma l'università aveva pubblicizzato il concerto e offerto agli studenti interessati una corsa gratuita. Questa strategia era stata forse copiata dalle orchestre di provincia tedesche, che spesso si esibivano a Firenze, e che portavano con sé in autobus il loro pubblico, composto da appassionati di musica in pensione della loro associazione di supporto. Così nulla si opponeva a un'accoglienza trionfale con applausi incessanti in famosi teatri e sale da concerto come il Teatro della Pergola.

Il nostro concerto ebbe luogo nel teatro comunale di Viareggio in occasione del giorno della commemorazione del santo locale, un'occasione tipica per le feste italiane di ogni genere. L'orchestra, le signore nei loro lussuosi abiti da sera e i signori nei loro completi eleganti, ora apparivano anche esteriormente come un corpo omogeneo. Nicola apparse tutto in nero, e sotto il suo vestito non portava una cravatta o un papillon, ma un elegante dolcevita. Prima che il concerto iniziasse alle sei di sera, il teatro, una sala classicistica con pareti in rosso scuro e lampadari dorati, si stava riempiendo solo lentamente. Così il pubblico fiorentino che avevamo portato con noi si rivelò utile. Poco prima delle sei, però, il sindaco arrivò con un gran numero di seguaci, probabilmente politici locali, consiglieri comunali e altri pezzi grossi, che a loro volta portarono un entourage altrettanto imponente. Così che alla fine, la sala si riempì di gente.

Non appena salimmo sul palco, ricevemmo un cortese applauso, e Nicola diede l'attacco alla prima opera, la Musica dei Fuochi d'Artificio di Haendel. Questa fu commissionata dal re d'Inghilterra nel 1748 per celebrare la stipula della pace che pose fine alla Guerra di Successione Austriaca. Dopo che migliaia e migliaia di soldati si erano massacrati a vicenda, ai re e ai principi piaceva fare la pace in cerimonie festive quando la guerra era diventata ormai troppo costosa o noiosa per loro. Eseguimmo in modo impeccabile il brano, che era ancora una volta non proprio impegnativo per le viole. In seguito, suonammo di nuovo l'ouverture del Coriolano di Beethoven, che faceva già parte del nostro repertorio standard. Il culmine prima della pausa doveva essere la Prima Sinfonia di Shostakovich, i cui suoni vagavano seducentemente avanti e indietro tra Romanticismo e Modernismo.

Già nel movimento di apertura il nostro direttore d'orchestra superò sé stesso. Con la sua bacchetta appuntita, Nicola gesticolava nell'aria come uno stregone ossessionato che combatte con i fantasmi, mai poi improvvisamente accadde: in preparazione di un maestoso accordo intermedio, riunì le mani con enfasi, e nel farlo, la bacchetta doveva essersi impigliata infelicemente, perché infilzò con forza il palmo sinistro. Nicola emise un inconfondibile grido di dolore, e un piccolo fiotto di sangue uscì dalla sua mano. Anche se cercò di premere sulla ferita con l'altra mano per fermare il flusso di sangue e gridò "si continua", l'orchestra smise di suonare sotto shock. In quel momento Virginie, la nostra delicata prima violoncellista, si accasciò, e il suo violoncello cadde a terra accanto a lei con un brusco boato.

Il sindaco si alzò subito dalla prima fila e annunciò che il concerto doveva purtroppo terminare a causa di questo incidente. Ed è quello che succedette. Nicola, che si era sempre trattenuto nonostante il dolore, fu presto portato via da un'ambulanza. All'ospedale locale i medici riuscirono rapidamente a fermare l'emorragia e gli misero un bendaggio. Anche le condizioni di Virginie non erano gravi: riprese presto conoscenza e fu portata in ospedale solo per un controllo di routine. Lì fu confermato che non aveva subito alcuna ferita, a parte qualche leggero graffio alla testa. Un'ora dopo Nicola e Virginie tornarono dall'ospedale e noi prendemmo l'autobus per tornare a casa, depressi.

Lungo la strada, Nicola ci disse: "Sapete, l'unica consolazione è che la mia disavventura indicibilmente imbarazzante è accaduta anche a musicisti più grandi prima di me... C'era un compositore fiorentino alla corte di Luigi XIV a Versailles qualche centinaio di anni fa. Durante una funzione festiva in onore del suo re, si incastrò la bacchetta non nella mano, ma nel piede, e poi morì per l'infezione..."

"Al che andò dritto all'inferno sulla bacchetta insieme a Shostakovich", continuò Vito torvo e aggiunse: "Nicola, oggi ci hai fatto prendere un bello spavento, ed è per questo che ora non hai proprio nessuna giustificazione per raccontarci delle balle!"

XI. Una tata del primo mondo o saggezze del Mulino Bianco

Andando irrispettosamente contro il rimprovero dell'ex presidente dell'istituto, secondo cui lì si sfornavano più bambini che dottorati, Stephanie ed io eravamo diventati genitori di due bambine molto prima di aver completato le nostre tesi. Almeno riuscimmo a sposarci prima della nascita della nostra primogenita, per la gioia delle nostre famiglie non proprio rivoluzionarie.

Dopo, però, dovemmo di nuovo buttarci a capofitto nel lavoro, e così assumemmo una tata che si occupasse per qualche ora alla settimana della nostra prole. Prima avemmo la fedele e amabile Floranna, che era arrivata a Firenze dalla Basilicata per studiare linguistica e che insegnò alle nostre ragazze il loro primo italiano. Quando tornò a casa dopo la laurea, tutta la nostra famiglia pianse la sua partenza. Senza dubbio, avevamo bisogno il prima possibile di qualcuno che prendesse il suo posto. Ecco perché mettemmo un annuncio su un giornalino locale al quale inaspettatamente rispose una fiorentina doc di nome Piera. Al suo colloquio si rivelò una slanciata bellezza mediterranea che studiava psicologia all'università da otto anni, ma che nella vita reale faceva di tutto - come danze indiane e arabe, istruttrice di yoga, curare due cani meticci e un compagno di studi la cui famiglia era immigrata dall'Argentina.

Come regalo di benvenuto, portò un sacchetto di biscotti Ritornelli della Mulino Bianco, con uno slogan stampato sull'involucro: *Vederla ritornare sarà ancora più bello pensò il Cacao mentre salutava la Mandorla.* E così fu. Con la sua natura sensibile Piera ci conquistò immediatamente e la ingaggiamo sul posto. Rimanemmo un po' sorpresi quando arrivò con la sua auto, cosa atipica per gli studenti italiani. Ma con un'ispezione più attenta si rivelò essere un vecchio rottame, quindi non sospettammo più nulla.

Da quel momento, Piera sarebbe venuta tre volte alla settimana. Era molto affettuosa ma anche decisa con le nostre bambine. Faceva con loro giochi e lavoretti creativi e con lei facevano grandi progressi in italiano. La bella abitudine di Piera di portare biscotti fu mantenuta anche in seguito. Così facemmo un'ampia conoscenza delle Campagnole: *Era diventata grande, ma i campi dov'era cresciuta le erano rimasti dentro.* Per leggere Cappuccetto Rosso, Piera portò una borsa di macine, anche se il loro motto ricordava più un ippopotamo che un lupo travestito: *Diede un ultimo sguardo al mare di latte sottostante e si tuffò.* E una cena in compagnia fu addolcita dal nostro pan di Stelle: *Se la sera è troppo buia, accendi le luci con il cacao del pan di stelle!*

Presto incontrammo il simpatico ragazzo di Piera, Alessandro, e in occasione di un tè a casa sua, dove ci offrì degli Abbracci, facemmo anche amicizia con i suoi due meticci indisciplinati, ma di buon cuore. Avevano il pelo maculato marrone e bianco: *Nessuno seppe mai se fu il cacao ad abbracciare la panna o viceversa.* Per i cani, lei viveva in campagna e doveva fare la pendolare per molti chilometri fino in città ogni giorno. Solo riguardo i suoi genitori fu molto riservata – sapevamo solo che erano divorziati, ma che Piera aveva un buon rapporto con entrambi.

Il mistero doveva essere risolto il giorno del quarto compleanno di nostra figlia Miriam. Qualche giorno prima, Piera aveva portato al tè Cuor di Mela: *La Mela sperò fino all'ultimo che la Pastafrolla mantenesse il loro segreto, ma invano!* E a tavola, lei stessa giunse con fatica ad una confessione:

"Sai, non avevo detto a mia madre del mio lavoro per voi fino ad ora, perché lei vuole che io finisca i miei studi velocemente; ma voglio anche avere la mia indipendenza e un po' di soldi che mi sono guadagnata da sola. L'altro giorno mi ha chiesto di nuovo dove andavo, e io non ho avuto più il coraggio di mentirle e le ho detto tutto. Ma non si è arrabbiata, era felice che qualcuno nella sua cerchia di conoscenti parlasse di nuovo il tedesco, visto che ha passato gli anni del liceo in un collegio in Svizzera. Mia madre vorrebbe invitarvi un giorno e ho pensato che la prossima domenica, per il quarto compleanno di Miriam, sarebbe una buona occasione!"

Si scoprì che la madre di Piera era un noto e benestante avvocato fiorentino e volle invitarci nella sua casetta al mare vicino a Pisa. Così, curiosi, ci recammo lì la domenica successiva.

Già sul vialetto di cipressi, rimanemmo a bocca aperta, perché la piccola casa si presentava come una villa spaziosa con un giardino rigoglioso simile a una giungla. L'edera e la buganvillea si attorcigliavano lungo i muri color giallo toscano e le rose rosa si arrampicavano sui tralicci di ferro battuto. Il profumo mediterraneo di rosmarino e menta giocava intorno ai nostri nasi e l'invito al dolce far niente, interrotto solo di rado da qualche bicchiere di vino rosso, si respirava seducentemente nell'aria.

Piera, di nuovo vestita come un'incantatrice di serpenti indiana, ci accolse alla macchina e ci condusse lungo una siepe di bosso ombreggiata fino alla villa. Attraverso l'ingresso entrammo nel salone, che era arredato in stile coloniale con un tavolo di mogano di colore scuro e sedie rivestite in pelle. Sopra il camino aperto erano appese fotografie di famiglia in bianco e nero che parlavano dello splendore dei tempi passati.

"I mobili", spiegò Piera con disinvoltura, "sono cimeli del mio bisnonno, che era ambasciatore italiano in Costa d'Avorio". Su altri scaffali e credenze di legno scuro c'erano figurine esotiche, vasi, tazze, brocche e altri manufatti andini che provenivano da viaggi in Africa e in Asia.

Nel salotto, Piera ci presentò sua madre Laura, una donna di mezza età, curata ed elegantemente vestita, e sua nonna ottantenne Domenica. "È gentile e di gran cuore, ma un po' confusa a volte", si scusò Piera in anticipo. La nonna mi salutò con entusiasmo con le parole "Che bel tedesco!", e mi diede due baci sulle guance. Questo mi metteva abbastanza in imbarazzo, dato che non avevo mai

impressionato le donne in precedenza, se non con
le mie pretese capacità intellettuali. Era presente
anche una famiglia indiana vestita in modo colo-
rato, composta da padre, madre e figlio, che, come
si scoprì, erano impiegati come domestici. In pre-
senza dei visitatori si tenevano discretamente in
disparte.

Mamma Laura suggerì di prendere prima un
piccolo aperitivo. Il maggiordomo indiano servì
agli adulti un Mirto, un liquore sardo alle erbe, e
ai bambini una limonata, appena spremuta dai
loro stessi limoni del giardino. Inoltre, c'erano, in
una raffinata ciotola d'argento, Batticuori, naturalmente del Mulino Bianco: *Il Cacao si immerse nel
latte, riaffiorò lentamente zuppo di gioia* – tale
mamma tale figlia, pensai tra me e me.

Il resto del programma della giornata preve-
deva una visita alla spiaggia. Quando chiedemmo
se dovessimo portare con noi asciugamani e un
tappetino, mamma Laura ci rispose che non dovevamo preoccuparci, era già tutto a posto. Purtroppo, la nonna doveva rimanere in casa, perché
non sopportava più il sole. Quando partimmo,
disse a Stephanie: "Che bel tedesco che hai!"

Dopo una breve passeggiata raggiungemmo
la spiaggia di sabbia di Tonfano. Divisa in sezioni,
il comune l'aveva data in gestione a stabilimenti
balneari privati. Su ogni lotto di spiaggia c'erano
una decina di file di lettini con ombrelloni. Laura

e Piera ci condussero in un posto rotondo fiancheggiato da poltrone di legno, che era ombreggiato da un gigantesco parasole. Il posto era in prima fila, con una vista da sogno sul Mar Tirreno e sulle cime ancora innevate delle Alpi Apuane, che si ergono dietro la vicina città di Lucca. Non senza orgoglio, Laura riferì che la sua famiglia aveva affittato il posto sulla spiaggia, purtroppo non più così economico, per oltre venticinque anni. La lista d'attesa per questi posti è lunga, ed è per questo che il nuovo ricco sindaco di Firenze, un certo signor Trenzi, arrivò solo in terza fila, da dove non poteva ammirare il mare, ma i lussuosi asciugamani da bagno e le natiche della gente, il povero sfigato!

Ci mettemmo comodi al sole e facemmo il bagno, mentre mamma Laura si intratteneva su di un lettino con una rivista femminile. Quando tornammo, ci annunciò che era ora di pranzo. Dissi che avevamo portato dei panini e delle fette di pizza con noi, ma lei rispose sorridendo che era già tutto a posto. Poco tempo dopo – e lentamente pensavamo di essere approdati in una scena in spiaggia di Amarcord di Fellini – scorgemmo la famiglia indiana che si avvicinava come in processione con pentole, ciotole e brocche e un tavolo pieghevole. Con mani abili allestirono rapidamente tutto, e ora ci aspettava un classico menu toscano, con spaghetti al pesto, bistecca con contorni e frutta per dessert, servito direttamente

sulla spiaggia, con vista sul mare e sulle montagne, illuminati dal sole. Per rendere perfetto lo
scenario da film, Laura servì a Miriam una torta di
compleanno con fragole fresche, per cui lei saltò
di gioia.

Alla fine del pomeriggio tornammo dalla
spiaggia alla villa. Lì la nonna mi salutò di nuovo
con le parole "Che bel tedesco!", alle quali comin-
ciavo quasi a credere, se mia figlia Sophia non
avesse sgarbatamente domandato: "È ancora abbastanza lucida di testa, la vecchia?" All'interno
della casa, la famiglia indiana ci diede da bere ancora una volta il tè con i pasticcini, servito nel salotto sul tavolo di mogano in un elegante servizio
di Ginori.

È in momenti come questo che si perde completamente la cognizione del tempo, nel caldo soffocante dei mesi estivi, e si vuole soltanto indul-
gere nella vita delle Muse, pensai, capendo perché
le classi altolocate italiane sono così irremovibili
sui tre mesi di vacanze scolastiche da giugno a settembre - mentre le famiglie meno abbienti non
sanno dove mandare i loro figli durante questo
lungo periodo.

Ahimè, come un sogno estivo, la giornata era
volata via in un lampo, e gli addii si avvicinavano
silenziosamente. Bisogna avere una mano fortu-
nata nella scelta della tata, riflettei.

"Un piccolo spuntino per il viaggio di ritorno", disse Piera e ci porse un sacchetto con l'in-
comparabile Pan d'Amore:

*Un giorno tuo figlio ti chiederà come è successo che
lui sia venuto al mondo... Potresti allora raccontargli
delle api, dei fiori e del polline... della cicogna, o che lui
stava lì nel campo a raccogliere i cavoli... Ma potresti
anche dirgli semplicemente com'è stato quando tu e la
mamma vi siete innamorati!*

XII. Il mondo italiano nella preistoria

L'Elba è la maggiore delle isole dell'arcipe-lago toscano, nel Mar Mediterraneo. In origine era popolata da agricoltori e pescatori, che ci conducevano una vita gretta e piena di stenti. Poi, diede rifugio a un piccolo parvenu proveniente dalla vicina Corsica, quando la carriera paneuropea di questi era fallita e doveva sottoporsi a una misura di riqualificazione professionale. Tuttavia, egli non durò molto a lungo all'Elba, ma da lì tentò la reintegrazione nell'ambiente lavorativo, fallendo nuovamente. Alla fine, l'ufficio di collocamento lo bandì come disoccupato di lunga durata su un'isola ancora più noiosa nell'Atlantico meridionale, dove trovò anche la sua fine, il che gli Elbani rimpiangono a malincuore, per ragioni di marketing turistico.

Oggi l'Elba è il diciannovesimo stato federale tedesco dopo Meclemburgo-Pomerania occidentale, Maiorca-Minorca e Gran Canaria-Tenerife, anche se, ovviamente, è in gran parte di proprietà privata dei membri dell'aristocrazia finanziaria delle regioni benestanti del Sud. Di conseguenza, tutto è fin troppo ordinato e tranquillo per l'Italia e invece di grandi hotel, ci sono castelli, palazzi, ville e antiche case coloniche convertite in case vacanza, con eleganti giardini naturali, fiancheggianti i pendii che scendono verso il mare. Tutto, ovviamente, ben recintato e pavimentato con pietre naturali, secondo un'immagine della Toscana, che altrimenti si trova solo su opuscoli patinati nelle fiere di design tedesche.

Pur vivendo a Firenze, a differenza di tanti italiani, riuscimmo ad andare in vacanza all'Elba per Pasqua. Grazie ai contatti personali dal nostro passato germanico, fummo in grado di affittare la casa per le vacanze di un avvocato di Monaco di Baviera. La nostra abitazione si trovava, in modo incantevole, tra la macchia mediterranea e i cipressi sotto il borgo di Capoliveri, nella valle dei mucchietti di sughero, proprietà di un grande industriale di Augsburgo per cui l'enclave del vicino di Monaco costituiva una spina nel fianco. Un'enorme barriera separava l'intera area dal mondo circostante, in modo che nessun individuo non appartenente alla cultura nordica ci si perdesse.

Durante la nostra prima visita a Capoliveri, andammo in un ristorante, le cui pareti erano coperte delle insegne pubblicitarie del birrificio Erdinger. Là ci sedemmo a un tavolo libero, accanto a una famiglia con due bambini. Con la pelle abbronzata e i capelli nero corvino, sembravano i tipici italiani. Il loro tavolo era uno spettacolo impressionante: tra fette di pizza mezze mangiate e lattine di Coca-Cola vuote, c'era un'imponente collezione di dinosauri, di cui ritengo di aver riconosciuto un Tyannosaurus Rex, uno Spinosaurus, un Apatosaurus e un Velociraptor. Doveva essere proprio così nella preistoria italiana, pensai.

"Sai, la mia bambola Emmi ha mal di pancia, ha litigato con sua sorella Elisabetta, e questa l'ha colpita duramente allo stomaco", nostra figlia di quattro anni Sophia si rivolse alla famiglia del tavolo accanto con una dichiarazione d'apertura in perfetto italiano. Poi il figlio della famiglia si lanciò in un attacco mortale in picchiata con un dinosauro volante, probabilmente un Quetzalcoatlus, che era decollato tra due lattine di Coca-Cola.

"Sei una buffa chiacchierona," rispose la donna e trattenne suo figlio con il Quetzalcoatlus.

"No, Emmi ha davvero mal di stomaco", insistette stizzita la nostra Sophia.

"Ti credo," disse la donna con tono più calmo, "da dove vieni?"

"Da Firenze", rispose Sophia, che era nata in Italia ed era l'unica di noi a parlare Italiano senza accento.

"È una bella coincidenza, siamo fiorentini anche noi", ribadì la donna, visibilmente compiaciuta.

"Sai come siete entrati, devi scusarmi, pensavo foste turisti tedeschi. Hai anche la pelle chiara e gli occhi azzurri… non sembri affatto una vera fiorentina, ma forse hai antenati longobardi. Non lo saprai di certo, ma in questo periodo dell'anno i tedeschi invadono alla rinfusa l'Elba dal nord con i loro macchinoni, prendendo il pieno controllo dell'intera isola, non osiamo nemmeno parlare italiano o fare rumore da nessuna parte... "

"Nella mia scuola materna sono l'unica tedesca", continuò Sophia sprovveduta, "ma la mia amica Ariana è delle Isole di Capo Verde, e le suore (ossia le religiose che gestivano l'asilo) sono tutte dell'India, tranne la vecchia sorella Diomira, che ha gli occhiali spessi, perché non ci vede più così bene, ed è italiana".

La donna arrossì e si rivolse a noi scusandosi: "Senza offesa, vostra figlia parla come una fiorentina, pensavo..."

"Non prendetevela, in Italia ci sentiamo a casa e non sempre troviamo eccelsi i nostri connazionali", risposi con il mio accento tedesco, palesando una volta per tutte l'errore della donna.

Poi scoprimmo che i nostri vicini di tavola erano simpatici e che avevano affittato un appartamento per le vacanze tramite Internet da un notaio in pensione di Würzburg, il quale vi trascorreva la vecchiaia. Tuttavia, la conversazione non prese l'avvio. Sophia ed Emmi sembravano ancora andare d'accordo con i dinosauri del tavolo accanto e non protestarono nemmeno quando il Quetzalcoatlus rimase impigliato tra i capelli di Emmi e li massacrò cercando di liberarsi.

Per salutarci, tutti i dinosauri sfilarono davanti a noi. Il Quetzalcoatlus eseguì trucchi aerei, lo Spinosaurus agitò felicemente la sua possente coda, l'Apatosaurus si drizzò sulle zampe posteriori su una lattina di Coca-Cola e il Velociraptor ci offrì un pezzo di pizza avanzato con la sua enorme zampa. Solo il Tyrannosaurus Rex rimase a lato del tiramisù con uno sguardo accigliato, digrignò i suoi denti giganteschi e luminosi, borbottando in modo ostile: "Non cantare vittoria troppo presto, mi piace sempre sbranare i turisti tedeschi".

A quel punto capì: "Forse è proprio per questo che ti sei estinto, amico mio!"

XIII. La mia prima
Maserati

Quando dopo cena uscimmo dal ristorante, stavo ancora ragionando sulla natura morta con dinosauri. Notai solo in un secondo momento che c'era qualcosa incastrato sotto il tergicristallo della mia auto. Sebbene sull'isola non avessimo ancora avuto il piacere di avere a che fare con le autorità italiane, quel qualcosa, una volta guardato più attentamente, si rivelò una multa della polizia locale: 35 euro per divieto di sosta. In effetti avevo lasciato l'auto in un parcheggio per le moto, ma solo perché quasi tutti i parcheggi riservati alle auto erano occupati da auto più simili a dei rottami, o comunque palesemente abbandonate, e da motociclette senza targa, ragion per cui il parcheggio aveva più le sembianze di un cimitero di automobili. In tale stato pensai che probabilmente la gente del luogo non doveva essere molto scrupolosa e che la mia vecchia auto non avrebbe dato più di tanto nell'occhio vicino agli altri rottami.

Dopo aver riportato la famiglia al nostro alloggio, chiesi a Bernd, un bavarese di Ingolstadt che gestiva una scuola di sub alla spiaggia vicina, se secondo lui la polizia locale avrebbe inviato la multa in Germania. Ai tempi in cui stavo a Firenze non era mai successo, tant'è che avevo finito col buttare nella spazzatura diverse multe per divieto di sosta: la targa tedesca valeva come una sorta di carta bianca. Nemmeno la revisione fu mai controllata dalle autorità italiane, tanto è vero che in Toscana mi imbattei spesso in relitti a ruote immatricolati con targhe tedesche, che ovviamente non vedevano le strade della Germania da molto tempo. Ogni volta che la polizia mi fermava a causa di un'infrazione, come guidare in una strada del centro città riservata agli autobus e ai taxi, rispondevo sempre in modo gentile e apparentemente ingenuo in inglese. Lingua che i poliziotti dovrebbero sapere, ma spesso non è così, soprattutto quando sono entrati nel servizio di polizia grazie all'aiutino di un simpatico amico di papà. Ma forse non dovrei parlarne così male, considerato il fatto che spesso sono proprio costretti ad utilizzare tutti i risparmi della nonna anche solo per comprare le domande del concorso di ammissione al servizio di polizia, quesiti che devono poi imparare a memoria faticosamente. Alla fine, comunque, la polizia italiana mi ha sempre lasciato andare con un semplice ammonimento verbale.

Ma come facevano all'Isola d'Elba con così tanti turisti e veicoli tedeschi? In realtà Bernd, l'istruttore, mi avvertì che era già successo che alcuni suoi clienti ricevessero a casa una multa, il cui importo, tra spese di spedizione e di traduzione, era nel frattempo almeno raddoppiato.

Uomo avvisato mezzo salvato, si dice; così, di malumore, mi diressi alla stazione di polizia locale, che si ergeva in alto nel centro del paese, come arroccata su un nido di aquile. Arrivato all'ingresso, mi aprì la porta una donna che poteva benissimo essere una modella: attraente, trucco marcato, lunghi capelli di un biondo tinto, un seno prominente e vestiti aderenti, che mi sorrise in maniera ammiccante. Pur non essendo più tanto in auge – d'altra parte ammetto di non aver seguito attentamente il mercato delle modelle italiane degli ultimi trent'anni – mi ricordò in qualche modo Ornella Muti, che decorava seminuda il BILD della mia gioventù: solo il colore dei capelli era diverso. Continuavo a pensare che Ornella avrebbe potuto fare una scelta migliore tra la professione di poliziotta e quella di velina (Così vengono chiamate in Italia le tante ragazze che, come decorazioni viventi, saltellano seminude nei programmi televisivi, scuotendo tette e culi. Di tanto in tanto, passano carta e penna al conduttore televisivo, ovviamente uomo, esultando e applaudendo o simile, fornendo servizi base alla moderna televisione dell'era Berlusconi). In effetti l'unico particolare che sembrava impedire a Ornella di partecipare ad un programma di casting (tranne lo show di Harald Schmidt, *The Next Osama Bin Laden*, purtroppo sospeso troppo presto) era il fatto che indossava un'elegante uniforme della polizia locale.

Cercando di mantenere un atteggiamento rilassato, agitai il biglietto davanti agli occhi di Ornella e le dissi con voce decisa: "Vorrei chiederle gentilmente una grazia pasquale, ho lasciato l'auto nel piazzale sotto la chiesa nei parcheggi per le moto, perché i posti auto erano occupati da veicoli abbandonati e sono stato subito sanzionato."

„Sì, è assurdo", disse in modo comprensivo, „per le auto abbandonate sarebbe competente l'Agenzia per l'Ambiente e ci siamo anche chiesti perché non facciano niente per risolvere il problema. È stato il mio nuovo collega a darle la multa, sa, siamo in ritardo con il nostro obiettivo mensile di contravvenzioni per la tesoreria comunale, e quando si è in questa situazione non si guarda in faccia nessuno e si prende quel che si può", disse scusandosi.

„Non potrebbe condonarmi la multa? Sono un vecchio amante dell'isola e mi piace tanto venire qui…", dissi facendo un po' il ruffiano.

„Lo farei volentieri per Lei", rispose, „ma purtroppo la multa è già stata registrata nel nostro sistema elettronico, e per toglierla, dovrei inviare una motivazione scritta alla Procura, che è piuttosto impegnativa e farebbe clamore, meglio evitare".

„Peccato, dev'esserci un modo per sistemare la questione", dissi io, cercando di sfruttare l'inaspettata disponibilità di Ornella a collaborare.

„Ah, ora mi viene in mente qualcosa", disse Ornella dandomi un barlume di speranza. „Potrei semplicemente cambiare il tipo di infrazione nel sistema, nessuno se ne accorgerebbe! Invece di parcheggio non consentito, potremmo mettere una multa per permesso di parcheggio scaduto da meno di un'ora, che costa 19€ invece di 35€ – è il minimo a cui posso arrivare".

Ornella mi consegnò una nuova multa, stampata al computer, su cui erano riportati i dati di un altro veicolo che aveva superato il tempo di parcheggio, e su cui erano quindi registrati numero di targa sbagliato, auto sbagliata, luogo sbagliato ecc.

„Io non guido una Maserati blu targata Roma, ma una Polo con targa tedesca, nessuno se ne accorgerà?", dissi dubbioso.

„No, non importa a nessuno. La cosa migliore è che firmi qui e paghi in contanti, così posso completare il processo e archiviare subito", replicò Ornella, ormai molto sicura di sé e non più disposta ad ammettere obiezioni. Accettai subito.

„Non si preoccupi, non prenda troppo sul serio la burocrazia italiana, non lo facciamo nemmeno noi, a volte si è proprio sfortunati, ma di solito non si viene beccati", disse dispiacendosi per la mia disavventura.

Subito dopo si alzò e scosse la lunga criniera di capelli biondi con una mossa da testimonial della pubblicità di una lacca, piazzò la sua splendida figura da modella davanti a me, mi infilzò con i suoi capezzoli appuntiti, succhiò il mio viso pallido da turista con le sue labbra carnose, luccicanti di un rosso fuoco, e mi spinse dolcemente alla porta.

"Bene, le auguro un buon proseguimento di vacanza" disse Ornella, congedandosi dalla mia vita.

Ancora una volta pensai che, in un caso come questo, i talenti nascosti non vengono adeguatamente sfruttati a dovere in Italia. Ornella potrebbe rivestire una carica più importante, oppure svestirsi completamente, in una televisione privata o in politica, forse con lo stesso Silvio, piuttosto che sprecarsi in un noioso commissariato di polizia sull'isola d'Elba, dove fuori stagione c'è poco o niente da fare.

"Purtroppo ho lasciato la mia Maserati blu targata Roma davanti all'ufficio postale con il disco orario scaduto e ho pagato una multa di 19 Euro, è tutto scritto qui", dissi al mio ritorno, senza mancare d'orgoglio, alla migliore moglie di tutte.

Ma lei mi guardò a lungo con acume tedesco, poi mi batté pietosamente la mano sulla spalla e disse: "Eh sì tesoro, è andata proprio male con la nostra Maserati, doveva essere un tuo regalo di nozze tardivo. A proposito, domani per una volta mettiti in tiro, siamo invitati, alle cinque del pomeriggio, a bere il tè dalla regina di Inghilterra."

XIV. Il dottore *honoris causa* dell'università di Roccaforte

Il decreto Gelmini aveva colpito duramente le università italiane. Per risparmiare, il ministro dell'istruzione del governo Berlusconi stabilì che solo un posto vacante su quattro poteva essere rioccupato. E le università italiane avevano creato molti posti per servire adeguatamente non solo la comunità scientifica, ma anche gli amici più stretti. Così, qualcuno ebbe la brillante idea di dividere ogni materia scientifica in una facoltà e un dipartimento per raddoppiare le strutture amministrative. Il primo è responsabile della ricerca, il secondo dell'insegnamento, ma poiché molte mansioni non possono essere assegnate chiaramente, nella vita quotidiana spesso nessuno è responsabile di nulla. C'è anche un maggior grado di specializzazione nel diritto, rispetto alla Germania. Nella ricerca e nell'insegnamento, ogni studioso ara solo una minuscola area di diritto, ed è per questo che sono necessari molti più professori. In teoria, almeno, perché in pratica molti di loro sono presenti all'università solo ogni due o tre settimane, facendo fuori il loro carico di lezioni in pochi giorni e avendo assistenti non pagati che li sostituiscono durante gli esami. Questo permette loro di perseguire altre cose – a causa dei bassi stipendi nel servizio pubblico, di solito non giocare a golf o prendere il sole sul proprio yacht, ma la gestione di uno studio legale redditizio a Roma o Milano.

Tuttavia, non dovrei fare il santarellino, perché ancora prima del decreto di austerità giunsi all'università meridionale di Roccaforte con mezzi un po' subdoli. Con l'obiettivo di alleviare l'isolamento scientifico della provincia, il governo regionale aveva lanciato un programma di internazionalizzazione che ebbe anche lo scopo di attirare accademici stranieri in visita. Internazionalizzazione o no, dovevano insegnare in italiano. Ma l'università pubblicizzò le posizioni solo sul proprio sito web, il che rese (e forse aveva voluto rendere) palesemente improbabile che i grandi nomi di Oxford, Harvard e Stanford si candidassero. Tuttavia, una collega italiana mi parlò del bando di concorso e così feci domanda e lo vinsi brillantemente diverse volte, perché ero quasi sempre l'unico candidato.

I colleghi di Roccaforte mi accettarono amorevolmente nella loro cerchia e spesso, dopo le mie lezioni di livello medio, mi portavano fuori a mangiare cibo sopra la media, come vari tipi di lumache, carne di cavallo e deliziose specialità di pesce. Mi invitavano anche privatamente. Giovanni, un simpatico collega di diritto civile, mi mostrò con orgoglio il suo allevamento di asini, che lo teneva molto occupato – come quando durante una lezione di diritto fallimentare ricevette una chiamata d'emergenza: un asino era scappato e doveva essere ricatturato al più presto. O quando, nel caldo soffocante dell'estate, gli asini avevano bisogno di acqua extra, che lui raccoglieva in taniche nel suo bagno di casa prima dell'inizio della giornata lavorativa all'università.

Fu durante il mio secondo anno a Roccaforte, in una bella giornata di aprile prima di Pasqua, che trovai il mio collega Aldo, solitamente calmo, sconvolto nel corridoio. Una strana notizia lo fece infuriare. L'università aveva ricevuto una misteriosa chiamata da Roma in cui si chiedeva un piccolo favore, che sarebbe stato sicuramente restituito in una forma o nell'altra. E a causa della ristretta situazione di bilancio, disse, l'università non era nella condizione di rifiutare certi favori.

In effetti, nelle relazioni bilaterali dell'Italia, era sorto il bisogno urgente di un'onorificenza accademica. Il leader dell'ex stato coloniale della Libia, il famoso Re dei Re d'Africa, chiamiamolo Muammar, aveva preso le distanze dall'immagine di mascalzone assassino, stipulando un trattato di pace con l'Italia e stringendo un'amicizia tra gentiluomini con Berlusconi. Come è diventato recentemente di moda tra dittatori reali e aspiranti tali di Washington e Pyongyang o Mosca e La Garbatella. L'Italia accettò di pagare un risarcimento per i trent'anni di occupazione e di costruire autostrade. In cambio, la Libia si impegnò a fornire petrolio e gas a basso costo e, incidentalmente, ad arginare il flusso di rifugiati attraverso il Mediterraneo verso l'Italia. Gli italiani più anziani, tuttavia, non perdonarono mai il Re dei Re per aver espropriato ed espulso gli italiani che ancora vivevano nel paese dopo la fine dell'era coloniale decenni fa.

Ma quelli erano tempi passati. Ora, nella sua seconda primavera, aveva preso gusto a fare viaggi *glamour* in Italia con la sua corte al seguito e a farsi immortalare in fotografie e filmati per conquistare il suo popolo. Durante una visita, sottolineò nella sua leggendaria modestia di aver già ricevuto riconoscimenti da stati meno importanti, come croci al merito, gradi militari e dottorati onorari – questi ultimi, però, solo da Algeria, Tunisia, Sudan, Corea del Sud, Serbia e Bielorussia. E che sentiva che era giunto il momento che il paese vicino, ormai amico, gli conferisse un tale onore.

Il governo Berlusconi utilizzò i suoi contatti in Sicilia, con la quale aveva già buoni rapporti d'affari, per esempio nell'acquisto di voti alle elezioni tramite un'organizzazione intermediaria conosciuta a livello internazionale. Un'università siciliana accettò effettivamente di assegnare al signor Muammar un dottorato onorario in scienze politiche. Ma egli nella sua risposta mostrò un sorprendente grado di maturità accademica che lo fece sembrare degno di qualsiasi premio: rifiutò indignato il titolo di questa nuova scienza delle merendine, come la chiamava lui. Dopo tutto, anche Benito Mussolini aveva ricevuto un dottorato onorario dall'Università di Losanna solo in scienze politiche. E davvero non voleva mettersi sullo stesso livello di questo politico completamente fallito. Dovrebbe quindi essere una disciplina seria come il diritto o la medicina. Questa richiesta mise quindi in gioco l'Università di Roccaforte, che aveva entrambe le facoltà.

Aldo si stava occupando proprio di questa richiesta nelle commissioni interne dell'università. Insieme ad altri oppositori, obiettò che i dottori onorari dovevano essere impegnati in qualche tipo di attività scientifica nel loro campo. Infatti, non esistevano monografie, libri di testo, saggi professionali, commenti di legge e note a sentenza del candidato. Ma qualcuno scoprì il suo cosiddetto Libro Verde, in cui aveva messo su carta anni prima le sue idee su stato e società, a metà tra marxismo e fanatismo religioso. Lo slogan di spicco di questo libro è che la Libia è l'unica vera democrazia nel mondo.

Le malelingue paragonarono questo libro all'opera di un altro capo di stato fallito, che racconta anche lui la sua lotta personale. Ma la maggioranza dei membri delle commissioni volle trascurare il punto secondario per cui non conteneva nulla di giuridico e che il lavoro poteva essere nonostante tutto ricompreso nella suddetta scienza delle merendine – forse perché stavano già immaginando le ricompense per il piccolo favore. Con estremo imbarazzo, non si trovò nessuno che volesse tenere una delle laudi che sono abituali per ossequiare la vita e il lavoro di un dottore onorario. Lo chiesero anche a me, presumibilmente per dare un tocco europeo alla cerimonia, ma rifiutai.

Aldo, tuttavia, non voleva rinunciare alla sua resistenza e si risentiva di tutta la faccenda, sostenendo che la puzza arrivava fino in paradiso. Tuttavia, non era necessario andare così in alto. Perché, poco tempo dopo una riunione di una commissione, qualcuno rubò la vecchia auto di Aldo, una Fiat Punto davvero poco attraente. La polizia non poté risolvere il caso, ma trovò la macchina alcuni giorni dopo in una zona solitaria di montagna. Un poliziotto era andato privatamente a caccia di cinghiali e scoprì la Fiat per caso nella macchia accanto a un recinto di pecore, ben lontano dalla prima abitazione umana. L'auto non era danneggiata all'esterno, ma uno sguardo dentro rivelò tutto il disastro: qualcuno l'aveva usata per trasportare pecore vive, che vengono rubate nella zona spesso e volentieri, e questo fu fatto caricandole all'interno, il che è logisticamente il modo più facile per farlo. Un collegamento con il procedimento sul titolo onorifico non poté mai essere provato, ma Aldo poteva a quel punto ben capire come si può già puzzare sulla terra.

Il signor Muammar avrebbe ricevuto il dottorato personalmente dalle mani del rettore, poco prima di Pasqua. A questo scopo, il candidato arrivò diversi giorni prima della cerimonia con la sua corte di circa trecento persone. Essendo un beduino del deserto libico, non alloggiò all'Hilton, ma fece erigere una rispettabile tendopoli nel parco della città vicino all'università. Nella tenda principale, nobilmente arredata con tappeti, divani e persino lampadari di cristallo, che nemmeno i negozi per campeggio più raffinati hanno nel loro assortimento, risiedeva il Re dei Re in persona, insieme alle sue mogli preferite, il cui numero era oggetto di varie voci. Una grande varietà di nobili cammelli e cavalli berberi purosangue pascolava tra le tende. Come accademico di scarso calibro, non capì subito quale doveva essere il loro utilizzo in loco, ma poi lessi che servivano come accessori per feste e ricevimenti e avevano lo scopo di mostrare lo sfarzo e la ricchezza del padrone di casa.

Nella stagione morta prima di Pasqua, la pomposa tendopoli, completa del re con i suoi cavalli, cammelli e mogli preferite, era un pasto pronto per la stampa locale, che se ne veniva fuori ogni giorno con nuove serie di foto e servizi. Solo ai margini del parco ebbero accesso alcuni manifestanti che tenevano in aria un osceno striscione: *Abbiamo già Berlusconi, non ci serve un secondo dittatore!*

Anche il mio collega Gaetano fece conoscenza involontaria della corte e della tendopoli. In una delle processioni cattoliche quaresimali, fu incaricato di portare la statua di San Pio, uno dei santi patroni della città. La processione tradizionalmente si snodava anche attraverso il parco della città, ma i capi spirituali apparentemente non erano ancora a conoscenza del suo diverso uso di quell'anno. Così la processione si perdette nella tendopoli e dovette ritirarsi in disordine, cosa non facile per i portatori dei pesanti ostensori, baldacchini e statue dei santi. Tutto sommato, un incontro piuttosto spontaneo di culture e religioni, come titolava argutamente un giornale locale.

Il giorno prima della prevista cerimonia di conferimento, mi fermai al parco cittadino per curiosità. Lì vidi per la prima volta il Re dei Re in persona, vestito in modo imponente in un abito bianco con molti ornamenti ma anche insegne militari, il volto nascosto dietro grandi occhiali da sole e la testa coperta da un copricapo bianco. Curiosamente, si era circondato di un bel numero di giovani donne, molte delle quali probabilmente studentesse. Vestite elegantemente, formarono un anello intorno al re. Si scoprì poi che l'ambasciata libica aveva assunto queste donne in anticipo attraverso un'agenzia di hostess. A loro, il re distribuì personalmente copie gratuite di un libro con una bella copertina in pelle, che si rivelò essere il Corano.

Non appena mi avvicinai alla scena sorprendente, riuscì a sentire anch'io la voce del re. Parlava delle religioni in un inglese stentato:

"Il cristianesimo è una religione debole sotto ogni aspetto e non ha nulla da dirci. L'unica vera religione è l'Islam. L'accusa che l'Islam promuove gli stati di Dio è ipocrita fino al midollo. Dopo tutto, i cristiani hanno fondato il primo stato di Dio del mondo, che esiste ancora oggi: il Vaticano! Chiunque creda veramente in Dio è un musulmano!"

Poi continuò a trattare del ruolo degli uomini e delle donne, vale a dire la debolezza naturale delle donne a causa delle mestruazioni e della gravidanza, e la forza degli uomini, che sono risparmiati da tali avversità e quindi meritano il ruolo di leader. Ovviamente i risultati della sua personale ricerca in tema di gender, come alle femministe moderne piace sempre sentire. Le giovani donne intorno a lui comunque ascoltavano in soggezione. Poi passò al tema dell'accudimento dei bambini, che aveva già trattato profondamente nel suo Libro Verde:

"Separare i bambini dalle loro madri e infilarli negli asili è un processo attraverso il quale vengono trasformati in qualcosa di molto simile ai polli, perché gli asili per bambini sono molto simili agli allevamenti di pollame nei quali i polli vengono rinchiusi dopo che sono stati covati. Anche il pollame, come il resto delle creature del regno animale, ha bisogno della maternità come fase naturale. Pertanto, è una violazione della loro crescita naturale allevarli in allevamenti tipo vivaio. Anche la loro carne è più vicina alla carne sintetica che a quella naturale. La carne degli allevamenti meccanizzati non ha un buon sapore e può anche non essere nutriente, perché i polli non sono allevati naturalmente, cioè perché non sono cresciuti all'ombra protettiva della maternità naturale. La carne degli uccelli selvatici è più gustosa e più nutriente perché sono allevati e nutriti in modo naturale."

Questo contributo all'ornitologia umana si rivelò autorevole anche in Europa occidentale. Così il re libico divenne un modello per i politici in Baviera, dove la monarchia fu frettolosamente abbandonata dopo la Prima guerra mondiale e viene rimpianta ancora oggi. Solo poco tempo fa, il partito di governo bavarese, a sua volta guidato per anni da un ratito selvatico di nome struzzo, introdusse un sussidio per le madri che allevano da sole i loro figli, similmente a quanto sosteneva il signor Muammar.

Sì, care lettrici e cari lettori, ora dovrei riferire del conferimento del dottorato onorario al Re dei Re. Solo che alla fine non succedette. Aldo e i suoi amici riuscirono a bloccare la procedura di conferimento dell'onorificenza appena in tempo, cosicché di conseguenza, non fu ufficialmente fermata, ma veniva lasciata in sospeso. Nel frattempo, lui ci ha lasciato in una maniera triste. Una rivoluzione nel suo paese spazzò via il Re dei Re e lo spinse ad abbandonare il suo palazzo e a trovare rifugio in un nascondiglio. Lì gli insorti lo rintracciarono e lo uccisero crudelmente, non molto diversamente dal dottore honoris causa dell'Università di Losanna.

Dopo un adeguato periodo di lutto, mi offrì lealmente in una procedura aperta all'università come innocuo candidato per il conferimento in sostituzione del sig. Muammar. A differenza del defunto Re dei Re, ho anche pubblicato testi giuridici, anche se certamente molto più noiosi del Libro Verde. E così quasi nessuno avrebbe notato l'onore e tanto meno si sarebbe offeso. Ma mi fu detto in seguito che i dottorati honoris causa sono onorificenze conferite raramente che devono essere riservate ai veri grandi studiosi e politici.

E così, a tutt'oggi, una procedura di dottorato onorario è pendente all'Università di Roccaforte. Donald Trump, che verrebbe in mente come degno successore del defunto candidato, non è probabilmente disponibile, purtroppo. Perché fu già candidato per il premio Nobel per la pace.

XV. Uomini, altri buoi
e uno sguardo
allo specchio

„No, non va bene così, ma proprio per niente!", gridò Angelica al mio amico Jens, il suo coinquilino. "Non hai la più pallida idea di come farlo, scemo? Non l'hai mai visto fare da altri? Ma cosa ti è saltato in mente? Non puoi dire di nuovo: sono stanco e non ho voglia di andare al cinema con te. Sai come funziona in Italia:

io – e non tu! – dovrei essere annoiata e dire che non ho voglia di uscire con te, ma tu continui a chiedermelo e mi porti fiori, prima tulipani, poi rose, all'inizio solo poche e in seguito sempre di più e sempre più belle, e dopo una settimana prendo un caffè con te, ovviamente sempre annoiata, e dopo cinque minuti me ne vado per incontrare il mio ragazzo, ma dopo due settimane vengo al cinema con te e così via ... Avrei dovuto davvero dare retta a mia nonna, mi consigliava sempre: *Uomini e buoi dai paesi tuoi!* Beh, sei già un bue, Jens, ma non dall' Italia, bensì dalla noiosa Germania! Che idea stupida, invaghirmi di un politologo tedesco che sta scrivendo una tesi di dottorato sulla storia delle idee, ma non ha la minima idea di come comportarsi con una donna!"

Angelica parlava in preda alla rabbia. Era una bellezza siciliana dalla pelle scura con simpatici lineamenti affilati come rasoi, riccioli impeccabili e una bella figura, avvolta in un vestito discreto con un motivo a stella. Già gli antichi greci avevano portato la tragedia in Sicilia, e il risultato poteva ancora essere ammirato qui davanti ai nostri occhi duemilacinquecento anni dopo. Angelica era una sociologa, ma più che una studiosa sembrava l'attrice Maria Grazia Cucinotta nell' ammaliante film *Il Postino*. Avvolta da una struggente storia d'amore, la pellicola segue la vita del poeta Pablo Neruda a Salina, una delle isole Eolie al largo della Sicilia.

Dopo la sua folle scenata, Angelica mi beccò su una poltrona accanto a Jens e gli chiese: "Chi è quel baccalà seduto vicino a te?" In effetti, aveva colpito un punto dolente. Prima che la migliore di tutte le mogli avesse pietà di me, ero molto popolare tra le madri di grandi donne come candidato ideale per diventare genero, anche a causa delle mie intenzioni di diventare dipendente pubblico (ad esempio: "Sabrina, avresti mica tempo e voglia questa sera di portar fuori a cena questo bel giovanotto? Ecco cinquantamila lire dalla mamma!"). Per loro io, tuttavia, ero solo il buon amico a cui apri una scatola di biscotti e poi il tuo cuore, il compagno che ti tira su di morale e ti sostiene nelle decisioni, di cui ti approfitti volentieri, ma che, come partner, è un'opzione solo in un sogno oscuro e remoto, figuriamoci alla luce del giorno ("No, mamma, né l'uno né l'altro").

Jens mi presentò ad Angelica: "Questo è Federico, anche lui bavarese, è della facoltà di giurisprudenza, e aggiunse maliziosamente: "È già impegnato, ma forse ti piacerebbe andare al cinema con lui?"

Infatti, Angelica mi chiese poi: "Cosa ci fai qui?"

"Sto scrivendo un libro sull'europeizzazione del diritto privato", precisai eruditamente, ma poi me ne pentì subito, perché non sarei stato in grado di fare colpo.

"Che razza di roba è questa?", chiese sospettosa Angelica.

"La mia tesi è la strumentalizzazione del diritto privato da parte dell'Unione europea, cioè grossolanamente che l'Europa utilizza il diritto privato solo per realizzare le sue politiche, mentre non importa molto della giustizia tra cittadini o aziende ", mi vantai.

"Ma non è niente di nuovo", Angelica distrusse il mio approccio scientifico degli ultimi dieci anni. "Ogni italiano sa che l'intero ordinamento giuridico strumentalizza solo i cittadini. Se paghi avvocati e tribunali per quindici anni per una causa e poi una corte prende una decisione che non ti serve più, perché gli avversari sono tutti morti o in bancarotta, come la chiameresti? Tutela giuridica efficace per i cittadini? Ecco i tipici giuristi: con parole che nessuno capisce, dicono cose che tutti già sanno, e con questo si intascano i soldi delle persone!"

"Non ancora, per ora abbiamo la borsa di studio", stavo per rispondere, ma mi astenni dal farlo, perché ovviamente l'approccio giuridico non stava andando così bene. Ecco perché provai diversamente: "Oltre al diritto, scrivo anche storie divertenti, come satire sull'Italia e sulla nostra vita qui..."

"Ma cosa ti viene in mente, anche della mia vita qui, cosa vuoi dire?"

"Ad esempio, della brutta morale di stato. Sto scrivendo una storia su un autista di autobus fiorentino che una volta lavorava in Germania, con il quale ho fatto una bella chiacchierata durante un viaggio. All'inizio inveì come una bestia contro la corruzione italiana, ma poi maledisse i servizi pubblici e non mi fece pagare per la corsa".

"Ma questo non è per niente divertente, anzi è del tutto normale e accade ogni giorno. Davvero non importa a nessuno se hai dovuto pagare un euro e ottanta per un viaggio in autobus o no, non interessa nemmeno a un cane! Mio fratello maggiore fa anche lui l'autista giù da noi ad Agrigento e lascia sempre salire la sua squadra di calcio gratis. Sai cosa gli capiterebbe se facesse pagare tutti? Se quella fosse già corruzione, allora tutta l'Italia sarebbe corrotta. Onestamente, mi incuriosisce proprio sapere chi accetterà di stamparti delle sciocchezze del genere!"

"Avevo pensato che la storia dell'autista fosse una così bella contraddizione...", mi difesi.

"Forse una contraddizione per le persone che vivono in un mondo fantastico in cui i dipendenti pubblici sono pagati in modo ragionevole e trattati bene e tutto funziona alla grande. Ma non è così. Se in Italia ricevi un regalo in modo, come posso dire, un po' losco, sai cosa devi fare? Lo prendi al volo, te ne vai e tieni la bocca chiusa per sempre, ma dopo assolutamente non ne scrivi un libro! Lo potrebbero trovar interessante solo alcuni noiosoni, come persone di sinistra da salotto, verdi al latte macchiato o comunisti col Rolex. Loro potrebbero leggere il tuo libro divertendosi dei problemi di altri, mentre si rilassano su una sedia a sdraio vicino alla fontana di fronte alla loro villa, prima di farsi servire la cena in cinque portate con champagne dalla servitù. Insomma, dei perdenti come Jens qui", e Angelica finalmente distolse lo sguardo da me, "che indulgono nei loro mondi intellettuali, ma non sanno manco come comportarsi con una donna!"

Poscritto: Cari lettori (le lettrici sono ovviamente meno colpite), sono estremamente imbarazzato da questa invettiva di Angelica contro di voi. Ovviamente presumo che apparteniate alla destra patriottica. Vorrei quindi scusarmi in tutta formalità e sincerità.
Federico Amadeo Chiodinari

Epilogo: teatro del mondo sulla spiaggia[1]

Il caldo torrido di mezzogiorno regna sovrano sulla spiaggia sarda di Costa Rei, una duna di sabbia incontaminata, che si annida all'infinito contro il mare. Lontano da qualsiasi traccia di civiltà umana, emana un'aria da paesaggio lunare. Da qualche parte ci dovrebbero essere resti di templi greci, ma si possono solo intuire in lontananza. Il cielo è blu senza una sola nuvola, monotonamente blu, quasi troppo blu. Il mare giace pacificamente, contento di piccole onde innocue, e tutto quello che si può vedere è sabbia, sabbia accecante, a perdita d'occhio. Non sembra l'Italia, ma piuttosto il Nord Africa, dove il Sahara arriva fino alla costa.

Ma come un miraggio, delle persone appaiono. Prima debolmente in lontananza, poi sempre più vicino, finché i loro contorni diventano visibili e i loro volti sono riconoscibili. Vi si riunisce una strana compagnia: due vecchi signori in immacolati abiti estivi di seta, come se tornassero da un appuntamento col Signor Aschenbach

---

[1] Questo capitolo trae ispirazione dalla storia "L'ultima spiaggia della crisi" di Fruttero & Lucentini, in Il Cretino in Sintesi, 2002, pp. 91-93. I diritti sono detenuti dall'editore Mondadori Libri SpA, Milano, al quale sono grato per il permesso di utilizzarlo.

dalla Morte a Venezia. Intorno a loro, tra molti ombrelloni, sedie a sdraio e coperte da spiaggia, un numero rispettabile di donne in età matura, tutte vestite in modo bizzarro e stravagante all'antica.

I signori si presentano come Fruttero e Lucentini, due ottimi scrittori italiani provenienti dagli ambienti antifascisti della sinistra intellettuale della Torino del dopoguerra. Hanno scritto molto insieme come coppia di autori - grandi ritratti della società nascosti nei gialli, ma anche satire, parodie e glosse che tracciano le idiosincrasie dell'Italia in tutti i loro dettagli contraddittori.

"Queste", spiegano seriamente, "sono le nostre Signore delle Crisi, le nostre compagne permanenti. Abbiamo cacciato il re e superato il fascismo, e poi anche i comunisti. Ma le signore non possono più essere scrollate di dosso, sono con noi per sempre".

La Crisi dell'Industria Pesante era un'apparizione di mezza età imponente con un aspetto sparuto, indossava una camicetta grigia e una gonna lunga, fin troppo calda. La Crisi della Coppia accanto a lei era considerevolmente più giovane e faceva un'impressione più gioiosa. Portava un tailleur serio, anch'esso grigio, deplorevolmente elegante.

Entrambe camminarono lentamente lungo la spiaggia in riva al mare, lasciando sulla sabbia abbagliante orme che le onde in arrivo spianavano

in un attimo. Sembrava che fossero distrattamente
perse nei loro pensieri, ma in realtà i loro occhi attenti seguivano ogni piccola cosa tra gli innumerevoli ombrelloni.

"Guarda come si dà delle arie, come una
donna di mondo!" osservò la Crisi dell'Industria
pesante.

"Sì, ci credo, il fatto che ora tutti parlino solo
di lei deve averle dato alla tesa!", sbeffeggiò la
Crisi di Coppia.

Incrociarono la Crisi dell'Industria Automobi-
listica, che aveva annuito dall'alto al loro saluto ti-
mido. Ma a pochi metri di distanza, circondata da
un crocchio di ammiratori, sedeva la Crisi della Sinistra.

"È sconcertante per me che non si vergogni di
sé stessa, alla sua età. È alla sua seconda giovinezza, se non la terza o la quarta".

"Eppure è ancora lì, a tenere banco, con le sue
innumerevoli rughe e pieghe".

"Incredibile! Sai, è nata lo stesso anno di mia
nonna, solo un po' più tardi della Crisi del Mezzogiorno".

Ora una donnina anonima di carnagione scura
venne fuori. Sotto carichi pesanti, la Crisi dell'Immigrazione arrivò sulla spiaggia, vendendo merci
di tutti i tipi, dagli asciugamani, alle maschere da
sub, alle riviste. Ma nessuno sembrava esserne interessato.

Poi, di corsa, un'adolescente a torso nudo si avvicinò nel bagliore della sua giovinezza, le sue lunghe gambe fluttuavano in avanti con disinvolta agilità. Non degnò di uno sguardo la Crisi dell'Industria Pesante e la collega della Coppia.

"Credi che ora stia solo fingendo?"

"No, no, è così altezzosa che non vede altri che sé stessa. La Crisi delle Nascite è la star indiscussa della spiaggia, fu eletta Miss Castello di Sabbia per due estati di seguito!"

"Bene bravo, e poi è arrivata una grande onda e l'ha spazzata via?"

"Non è poi così poco, ha battuto la Crisi di Fiducia, la Crisi di Credibilità, la Crisi dell'Occupazione, la Crisi del Trasporto Pubblico, e poi la Crisi della RAI".

"E la Crisi delle Istituzioni Politiche?"

"Non ha partecipato affatto, è troppo arrogante e snob".

Proprio allora una vecchia signora in un costume da bagno nero a collo alto si alzò ansiosamente dal suo telo bianco come la neve e fece una mossa per iniziare una conversazione.

"Vai via, vai via, non ti fermare!"

Le due le sorrisero affabilmente, ma allo stesso tempo accelerarono il passo, lasciandola lì mezzo inginocchiata all'indietro.

"E la Crisi delle Vocazioni Religiose".

"Per l'amor di Dio, quella zitella vecchio stile!"

Ma ora, quando videro la grande tenda quadrata laggiù in disparte, isolata dalla massa plebea di ombrelloni schiacciati insieme come sardine sottolio, si fermarono indecisi.

"Non credi che dovremmo renderle omaggio?"

"È ancora la sovrana, vero?"

"D'accordo, ma restiamo solo un po'e poi ce ne andiamo!"

La Crisi dei Valori troneggiava su un'ampia sedia in vimini ed emanava un'aura solenne e trionfante. Una signora leggendaria dell'età della pietra, che dominava la spiaggia da immemorabile tempo. Tese la sua mano avvizzita dai molti anelli alle due nuove arrivate e le presentò agli altri ospiti della giornata: la Crisi Valutaria, la Crisi dell'Editoria, la Crisi dei Servizi Segreti, la Crisi dei Centri Storici, e la Crisi del Sesso, vestito di uno straccio di stoffa estremamente succinto e dai colori accesi, che in realtà non la copriva più minimamente.

"Una pizzetta?"

"Volentieri!"

L'offerta proveniva da una donna anonima con i capelli grigi legati in uno chignon, il viso allungato e un kimono troppo grande che sembrava un grembiule.

"E chi dovrebbe essere questa, la sua cameriera?"

"Ma non la riconosci? Lei è la Crisi della Satira!"

"Non esiste, non ci credo! L'ultima cosa che ho saputo di lei è che aveva una grave paralisi e riusciva a muovere solo il mignolo sinistro".

"È vero, ma si è fatta curare da un fisioterapista. E hanno accreditato le venti sedute con lui a quattro anni di purgatorio. Così si è ripresa in fretta e ha fatto anche un lifting. Ora ha scoperto Giorgia Meloni, Matteo Salvini, Björn Höcke, Boris Johnson e Donald Trump. Li frequenta ovunque, ficca il naso in tutto e così trova sempre qualcuno al suo servizio".

"Ma riesce a malapena a stare in piedi, poverina! Onestamente, non si può che essere dispiaciuti per lei!"

"A chi lo dici. Ma cosa vuoi, è così minuta, così discreta... Tutto quello che devi fare è battere le mani e lei scomparirà, si ritirerà nella sua provincia e non mostrerà più la sua faccia per i prossimi dieci anni. Non possiamo offrirle un piccolo aperitivo?"

La Crisi dell'Immigrazione aveva una bottiglia di prosecco e altre bevande alcooliche pronte in una borsa frigo che si trascinava dietro insieme alla sua miriade di borse e scatole. Di buon grado, pose tre bicchieri su un vassoio d'argento, li riempì e li consegnò ai presenti. La Crisi dell'Industria Pesante sorrise alla sua collega della Coppia, e fecero tintinnare i loro bicchieri insieme, brindando e inneggiando: "Viva la satira!"

Non appena lo dissero, i sorrisi si pietrificarono sulle loro labbra. Un ronzio si mise in moto, gonfiandosi sempre più forte fino a quando un rombo di tuono li congelò tutti. Un fulmine balenò nel firmamento e improvvisamente la spiaggia si oscurò. Immerso in una luce accecante, un carro con dodici destrieri e cavalieri dell'Apocalisse si susseguì nel cielo. Su di esso sedeva, in un abito dorato, una fata mostruosa, dallo sguardo odioso e divoratore: Corona.

La Crisi della Satira tirò fuori un quaderno prima di essere colpita da un fulmine, la Crisi dei Valori si seppellì in fretta e furia nella sabbia, coprendosi fino alla testa; la Crisi delle Vocazioni religiose si trascinò in ginocchio nell'acqua, allargò le braccia e affondò. E la Crisi della Coppia, la Crisi delle Nascite, la Crisi della Fiducia e la Crisi delle Istituzioni Politiche balbettarono:

"Prendi quello che vuoi, puoi avere tutto da noi, non vogliamo più fare le Crisi. Risparmia solo la nostra bella vecchia Italia, l'Italia di Boccaccio!"

Su questo libro

Sulle orme del Decamerone, questo libricino narra le avventure bizzarre, ma sempre simpatiche di uno studente tedesco in un'università europea di Firenze. Immergendosi nella giungla della vita italiana, diventa eroe e vittima della satira.

Il sipario si apre su un autista che denuncia senza pietà la disfunzione del Paese, ma che si mostra inaspettatamente generoso quando deve vendere biglietti. La pacata polizia locale, che non persegue piccoli criminali, ma inventa con ingegno sconti su multe di parcheggio, non è meno sorprendente. Nel frattempo, c'è un naufragio al largo dell'Elba sotto l'influenza dell'alcool e un'eruzione vulcanica in Sardegna, in cui Silvio ha messo lo zampino. Al culmine del massacro satirico, un locandiere altoatesino getta abilmente dei fighetti italiani fuori dal suo rifugio di montagna, mentre due universitari tedeschi di scarso calibro fanno gli sdolcinati vegetariani. Di fronte a questo caos, un direttore d'orchestra troppo zelante che si mutila a un concerto non attira più di tanto l'attenzione.

Ma sopra ogni cosa vola l'Amore, solo che qui scrive storie di un genere diverso: un *troubadour* cerca invano di ammaliare la sua amata con dei canti, cadendo – nel tentativo – dal tetto della sua casa. Una coppia di studenti che vive ancora a casa per gli incontri amorosi deve accontentarsi dell'auto di papà, mascherata in anticipo da un povero precario con vecchi giornali. Una coppia spagnolo-svedese insegna alla sua prole dalla pelle candida una lingua che altrimenti verrebbe conosciuta solo attraverso i film nazisti. E una bambina di quattro anni scopre in circostanze strane perché i dinosauri si sono estinti all'Elba.

Ma, ahimè, alla fine entra in scena Angelica, una rifiutata bellezza siciliana, pronta a mettere fine al tripudio di scherzi, gettando tutte le storie nella spazzatura, seguite da voi, poveri e forse innocenti lettori. Boccaccio sarebbe ben felice dei suoi discendenti, se non fosse per l'odiosa strega Corona, che vuole porre fine alla vecchia cara Italia come una nuova peste.

Tutto questo è successo in qualche modo, ma niente è vero!